在洁白的东西上喷溅到一滴污渍，
对我来说都是莫大的痛苦。

读客

读客经典文库

经典就读三个圈　导读解读样样全

心

ココロ

[日] 夏目漱石　著

（1867—1916）

黄悦生　译

读客经典文库

经典就读三个圈　导读解读样样全

江苏凤凰文艺出版社
JIANGSU PHOENIX LITERATURE AND ART PUBLISHING

图书在版编目（CIP）数据

心 /（日）夏目漱石著；黄悦生译 . -- 南京：江苏凤凰文艺出版社，2021.3
（读客经典文库）
ISBN 978-7-5594-5247-4

Ⅰ . ①心… Ⅱ . ①夏… ②黄… Ⅲ . ①长篇小说 - 日本 - 近代 Ⅳ . ① I313.44

中国版本图书馆 CIP 数据核字 (2020) 第 190936 号

心

［日］夏目漱石 著　　黄悦生 译

责任编辑　丁小卉
特约编辑　岳爱华　张 琦
装帧设计　读客文化　021-33608320
责任印制　刘 巍
出版发行　江苏凤凰文艺出版社
　　　　　南京市中央路 165 号，邮编：210009
网　　址　http://www.jswenyi.com
印　　刷　北京中科印刷有限公司
开　　本　880 毫米 ×1230 毫米 1/32
印　　张　8.5
字　　数　169 千字
版　　次　2021 年 3 月第 1 版　2021 年 3 月第 1 次印刷
标准书号　ISBN 978 -7-5594-5247-4
定　　价　45.00 元

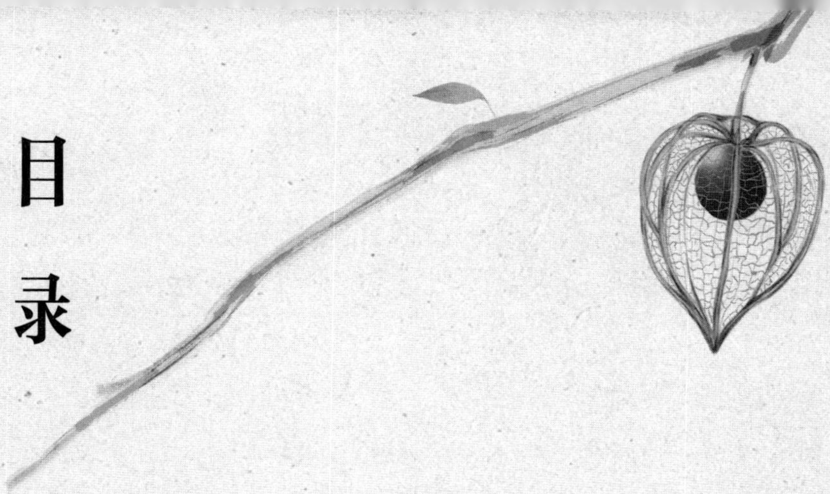

目录

【上】先生和我

一

我一向都称他为“先生”。因此，在这里也只写作“先生”，隐去真实姓名。这并非出于人言可畏之顾忌，而是因为，这样的称呼对我来说才是最自然的。我每次回想起他，就立刻想唤一声“先生”，提笔时也是一样的心情。我实在不愿意用某个冷冰冰的缩写字母来称呼先生。

我和先生是在镰仓相识的。那时候，我还是个年轻的学生。有个朋友趁着暑假期间去镰仓海滨浴场，他给我寄了张明信片，邀我一同前往。我决定筹些钱就动身。我花了两三天时间筹好钱，到了镰仓。可是，刚到那儿没过三天，相约的那个朋友忽然收到一封乡下发来的电报，让其速归。电报上说他母亲患了病，他却不相信。住在乡下的父母早先曾想替他包办一桩婚事，可是他并不情愿。按现在的观念来看，他这么年轻就结婚确实太早了。而且，关键是那对象并不合他心意。所以，暑假期间他才故意没回家，而是跑到东京附近游玩来了。他把那封电报拿给我看，让我帮忙出主意。可我也不知如何是好。如果他母亲真的病了，那自然应该回去一趟的。最后，他还是决定回去。而特意赶来镰仓的我却被孤零零地撇下了。

离开学还有一段时日，我去留皆可，于是决定暂住在原来的旅馆。我那朋友是中国地区[1]一户有钱人家的子弟，不愁没钱花，可毕竟还只是个年轻学生，开销方面和我差不多。虽然我落了单，却不必再去另找旅馆，也就省掉许多麻烦。

要说这家旅馆的位置，在镰仓也算比较偏僻的。在这里，要穿过一条长长的田间小路，才能见到台球、冰激凌这些时髦玩意儿。坐车去的话还得花费两角钱。不过，私人别墅倒是随处可见。而且，这里离海边很近，对于洗海水浴来说可谓得天独厚。

我每天都下海游泳。穿过一片被煤烟熏黑的破旧草棚，就到了海边，可以看见许多前来避暑的男男女女在沙滩上嬉戏。真想不到竟有这么多城里人跑来这里。有时，海水里人头攒动，黑压压一片，像澡堂子一般。虽然其中没有一个熟人，可当我置身这喧闹之中，时而在沙滩上闲躺休憩，时而在海水里到处乱蹦，任脚下浪花轻拍，倒也觉得十分惬意。

我就是在这喧闹的人群里遇到先生的。那时，海边有两间小茶棚，我偶然去过其中一间，后来就经常去光顾了。来此地避暑的游客不同于那些住在长谷区别墅的人，没有各自专用的更衣室，所以茶棚就成了他们必不可少的公共更衣室。这里除了供

1　日本一个地区的名称，位于日本本州的西南部。——译者注（如无特别说明，本书中注释均为译者注）

大家喝茶、休息之外，还能代洗泳衣、寄存帽子和伞，游客还能在这里冲洗一下咸津津的身体。我虽然没有泳衣，不过也怕东西被偷，所以每次下海之前都先在这个茶棚里把衣服脱好。

二

我在茶棚里见到先生的时候，他刚脱完衣服准备下海去。而我则相反，在海风的吹拂下，湿漉漉地从水里走上岸来。我们之间被无数攒动的人头遮挡住了视线。一般情况下，我可能不会特别留意他。然而，尽管海边如此混乱，而我又如此心不在焉，可我还是立刻注意到他了，因为他身边跟着一个外国人。

那个外国人肤色白皙，我一跨进茶棚就注意到他了。他把身上穿着的传统日式浴衣脱下，扔在长椅上，然后抱着胳膊，面向大海站着。他身上只穿了一条平时我们穿的那种短裤，这让我觉得不可思议。两天前，我去了一趟由井[1]海滩，坐在沙滩上，长时间地眺望外国人下海游泳的情景。当时我坐在一个比较高的沙丘上，而旁边就是酒店后门，所以能看见许多男人出来洗海水浴。他们的身体、胳膊和大腿都没有露在外面。至于女人，就裹得更加严实了。大多数人头戴着橡胶泳帽，紫红色的、藏青色的、天蓝色的，花花绿绿一片在海面上漂浮——我刚见识过

1　位于日本神奈川县镰仓市南部的海岸，是知名的海水浴场。——编者注

这番情景，现在忽然看到这个外国人在大庭广众之下只穿条短裤，当然会觉得很稀奇了。

过了一会儿，这个外国人回头看了一下身旁弯着腰的同伴，说了一两句话。他的同伴是个日本人，正捡起掉在沙滩上的毛巾，把它包在头上，随即向海边走去。——此人便是先生。

出于单纯的好奇心，我一直看着他们的背影。只见两人并肩走下沙滩，然后一直走进水里，从浅滩附近吵吵嚷嚷的人群里穿过去，来到比较开阔的地方，才开始游起来。他们朝远处海面游去，直到变成两个小黑点。过了不久，他们折回来，又笔直地游回岸边。回到茶棚后，他们并不用井水冲洗，而是立刻擦干身子，穿上衣服，迅速地离开了。

他们走后，我仍然坐在那张折凳上吸烟，茫然地琢磨着先生的样子。我总觉得这张脸好像在哪里见过，至于到底是在什么时候、什么地方见过，却怎么也想不起来了。

那时候，我与其说是无忧无虑，不如说是百无聊赖。所以，第二天我瞅准了昨日遇到先生的时间，又特意跑到茶棚去看。结果，那个外国人没来，先生独自一人来了，还戴了顶草帽。他摘下眼镜放在架子上，随即用毛巾包着头，然后就快步地走下海滩去。他像昨天那样穿过喧嚣的人群，一个人开始游了起来。这时，我突然想跟上前去，于是就从浅滩往深处走，任水花飞溅到头顶。来到深水区时，我划动胳膊朝先生的方向游去。然而，跟昨天不同的是，他沿着我没预料到的方向开始游回岸边，在水面上划出了一道弧线。我的目的终究还是落空了。我上了岸，一边甩掉手上的水珠一边走向茶棚。我前脚刚走进来，先生就已经穿好衣服走出去了。

三

第三天同样的时间，我来到海边，又遇到了先生。第四天也是如此。但我没有机会和他搭话，也没有机会打招呼。而且，先生还表现出一种不善交际的态度，只是在一定的时间超然而至，然后又超然而归。无论周围如何热闹，他似乎都毫不在意。上次和他一起来的那个外国人，后来就没有再出现了。先生总是一个人独来独往。

有一次，先生像往常一样，上岸之后就快步地回到茶棚，拿起扔在同一位置的浴衣正要穿上，忽然发现浴衣上不知为什么沾满了沙子。为了抖落沙子，他转过身去，把浴衣甩了两三下。这时，放在衣服下面的眼镜从架子缝隙间掉了下去。先生穿上白底蓝花纹浴衣并系好腰带之后，大概是发现眼镜不见了，便急忙在旁边开始寻找。我立刻钻到凳子底下，把眼镜捡起来。先生说了声“谢谢”，从我手里接过眼镜。

次日，我跟在先生后面跳进海里，朝同一个方向游去。游出两百多米远时，先生回过头和我说话。漂浮在附近这片广阔的蓝色海面上的，只有我们两个人。强烈的阳光照射着远处的山和水。我尽情地活动着充满了自由和欢愉的肌肉，在海水中畅游。先生突然停下手脚的动作，仰面朝天地躺在海面上。我也和他一样仰卧着。蔚蓝的天空狠狠地把刺眼的光线投射到我脸上。“好舒服啊！”我大声喊道。

过了一会儿，先生像是从海里爬起来似的换了个姿势，并催促我说：“该回去了吧？”我的体质比较强壮，本来还想在海里再多玩会儿，但听到先生这么提议时，就立刻爽快地答应道：“好的，回去吧。”于是我们就沿着原路游回岸边。

从那以后，我和先生渐渐熟识起来。但我还不知道他住在哪里。

之后又过了两天，大概是第三天下午吧，我在茶棚里遇到先生时，他突然问我：“你打算继续在这里住很久吗？”我没想过这个问题，一时不知道该怎么回答，于是就说：“我也不知道。”看见他默默地微笑着，我突然觉得有点难为情，不由反问道：“先生您呢？”——这是我第一次叫他“先生”。

那天晚上，我去了先生住宿的地方。说是住宿处，却不同于普通旅馆，那是一栋建在宽敞寺院内的类似于别墅的建筑物。我还了解到，住在那里的人并非先生的家眷。听到我“先生、先生”地叫他，先生露出了苦笑。我连忙辩解说，这是我对长辈的习惯称呼。我问起前几天见过的那个外国人时，先生说了许多关于那人的情况，比如说他如何古怪，还说他已经离开镰仓了。然后，先生感慨道，自己和日本人都没什么来往，想不到却认识了这么一个外国人，真不可思议。最后，我对先生说：“我觉得好像在哪里见过您，但却怎么也想不起来。”当时，年轻的我还暗自怀疑先生对我也有同样的感觉，并对他的回答满怀期待。然而，先生沉吟了片刻之后，却说："我对你没什么印象啊。你认错人了吧？"于是，我莫名其妙地感到一种失望。

四

我月底就回东京了，比先生离开避暑地的时间早得多。和先生告别时，我问他："以后我可以经常去您家里拜访吗？"先生却只是简单地回答道："嗯，欢迎。"我原以为已经和先生很熟，期待着他会说些更热情的话。所以，这冷淡的回答难免略微伤害了我的自信心。

我时常为先生的这种态度感到失望。他对此似乎有所觉察，又似乎根本没有留意到。我一再感到轻微的失望，却又不想因此而离开他。相反，每当我感到动摇不安时，却想再进一步。如果我再进一步，那么我期待的东西总有一天会完美地出现于眼前吧。虽然我很年轻，但我那年轻的血液并不是为所有人都能如此坦诚地流动的。不知为什么，我只对先生一个人产生了这种感觉。直到现在，先生已经去世了，我才逐渐明白：先生并不是从一开始就讨厌我。先生对我表现出来的看似冷淡的回答和举动，并不是因为他感到不快而想疏远我。那是心灵受创伤的先生对于想接近自己的人发出的警告："我不值得你接近，别过来！"可见，对别人的好意不予理会的先生，在蔑视别人之前，早就先蔑视自己了。

我当然是打算要去拜访先生的。回到东京后，离开学还有两周时间，我本来想在这期间去一趟。可是回来才过两三天，在镰仓时的那种感觉就渐渐淡了下来。而且，大都市缤纷多彩的氛围，与记忆复活所带来的强烈刺激感一起，浓烈地侵染着我的内心。每当我在大街上看见学生们的面孔时，就能感觉到对新学年的向往和紧张。我暂时忘记了先生。

开学后大约过了一个月，我的内心又开始松懈下来。我时而若有所失地在大街上徘徊，时而用渴望的眼神环视自己的房间。我的脑海中又浮现出了先生的面容。我又想跟他见面了。

第一次上门拜访时，先生不在家。第二次去，我记得是在下一周的星期天。那天的天气非常好，天空晴朗得仿佛要渗入人的身体内。不料先生又不在家。在镰仓时，先生亲口说过他一般都会在家的。他还说过自己不喜欢外出。可是，我来了两次都扑了空。回想起他说的话，我不由感到一种莫名的不满。我看着女佣，犹豫不决地站在门口，并没有马上离开。这位女佣还记得上次收过我的名片，就让我稍等，她自己又进屋里去了。不一会儿，一位妇人走了出来。看样子像是先生的夫人，面容美丽端庄。

她很有礼貌地告诉我先生去了哪里。据她所说，先生有个习惯，每月的这一天都要去杂司谷墓地向一位故人献花。“他刚刚出去，差不多有十分钟吧。”夫人满怀歉意对我说。我点头行礼之后就离开了。我往热闹大街的方向走了一百多米，忽然冒出一个念头：不如我也去杂司谷那边走一走，说不定会遇见先生呢。在好奇心的驱使下，我立刻转身往回走。

五

我从墓地前方的苗圃左边进去，沿着夹道种着枫树的宽敞道路往里走。这时，在道路尽头的茶馆里突然走出一个人，好像就是先生。我向他走过去，直到看见他的眼镜框在阳光下闪耀时，才出其不意地大叫一声："先生！"先生突然停下脚步，望着我的脸。

"为什么……为什么……"

先生重复了两遍。他的声音带有一种异样的语气，回荡在白天寂静的空气中。我一时答不出话来。

"你是跟在我后面来的吗？为什么……"

先生的态度还算平静，声音也比较低沉。然而，他的表情却透出一种难以形容的阴影。

我就把自己为什么会来到这里告诉了先生。

"我来给谁扫墓，我妻子有没有说这个人的名字呢？"

"没有，她什么都没有说。"

"是吗？——对呀，当然是不会告诉你的，毕竟你们才初次见面嘛，没必要说。"先生这才流露出领会的样子。但我却完全不明白他这话的意思。

先生和我穿过墓地，朝大路走去。在依撒伯拉某某之墓、神仆洛金之墓等墓碑旁边，立着写有“一切众生悉有佛性”的卒塔婆[1]。有的墓碑上写着全权公使某某。我在一个刻着“安得烈”的小墓碑前问先生：“这个名字怎么念？”先生苦笑着说：“大概应该念成Andore吧。”

对这些墓碑所展现的各式各样的人物，先生似乎并没有像我一样觉得滑稽或讽刺。我时而指着圆形的墓石，时而指着细长的花岗岩墓碑，一直说个不停。先生起初只是默默地听着，最后他说了这么一句：“你还从来没有认真地思考过死的问题吧？”我沉默了。先生也没有再开口。

在墓地边上，挺立着一棵遮天蔽日的大银杏树。走到树下时，先生仰望着高高的树梢，说道：“再过几天就漂亮了。这棵树所有的叶子都会变黄，地面铺满金色的落叶。”先生每个月都会从这棵树下经过一次。

前面有个人正在修整凹凸不平的地面，开辟新墓地。他停下手，拿着锄头望着我们。我们从这里向左边一拐，就走到了街道上。

我也不知道自己要去哪里，只是跟着先生往前走。先生比平时更加沉默，但我也并没觉得太拘谨，就这么一起信步而行。

“您现在就回家吗？”

“嗯，也没有什么地方要去。”

1　立在墓地上的塔形木牌。

我们俩又默默地从南边走下斜坡。

“先生，您家族的墓地在那里吗？”我又开口问道。

“不是。”

“那是谁的墓呢？——是您亲戚的吗？”

“不是。”

先生只回答了这么一句。我也只得就此打住话头。走出一百多米后，先生突然又回到这个话题。

“那是我一个朋友的墓。”

“您每个月都去给那个朋友扫墓吗？”

“是的。”

当天，先生就只是说了这些。

六

从那之后，我经常上门去拜访先生。每次去先生都在家。随着见面次数增多，我去得也越来越频繁了。

然而，无论是我们初次相识还是来往密切之后，先生对我的态度都没什么变化。先生总是很平静，有时甚至平静得有几分落寞之感。我从一开始就觉得先生有点古怪，令人难以接近。可不知为什么，我却情不自禁地想去接近他。在茫茫人海中，也许只有我一个人对先生有这种感觉吧。——这一直觉后来得到了证实。所以，即使有人说我幼稚也好，嘲笑我愚蠢也好，我还是对自己灵敏的直觉感到欢欣鼓舞。有这样一个人，他能够去爱别人，不由自主地想去爱别人，但又不能张开双臂去拥抱投入自己怀里的人——这个人就是先生。

正如前面所说，先生总是很平静，很稳重。但他的脸上偶尔会掠过一片古怪的阴影，就像飞鸟把黑影投落在窗户上一样，随即又立刻消失。我第一次在先生眉头上发现这片阴影，是在杂司谷墓地突然喊他的时候。在那异样的瞬间，原本在我心脏里畅快地流动的血液突然变得有些迟缓。但那只是间歇性的而已。没过五分钟，我的心脏又恢复了正常的跳动。后来我就忘记了这片阴暗的云影。不过，十月小阳春将尽的某一天晚上，我偶然又想起了这件事。

我和先生聊天时，眼前突然浮现出他上次特意指给我看的那棵大银杏树。我估算了一下，接下来的第三天，就是先生每个月去扫墓的日子——那天下午我刚好没课，比较轻松。我对先生说道："先生，杂司谷的银杏树已经掉光叶子了吧？"

"可能还没掉光吧。"

先生一边回答，一边盯着我的脸，好一会儿都没有移开视线。我立刻说道："这次您去扫墓时，我可以一起去吗？我想和您一起去那边散散步。"

"我是去扫墓，不是去散步的。"

"顺便散散步也挺好呀。"

先生默不作声。过了一会儿，他才说道："我真的只是去扫墓而已。"他好像非要把扫墓和散步截然分开不可，也许是故意找借口不想和我一起去吧。此时的先生，感觉像有些孩子气似的，令人纳闷。于是我就更想往前再进一步了。

“扫墓也行，请带我一起去吧。我也去扫墓。”

其实，我觉得区分扫墓和散步是毫无意义的。这时，先生的脸色变得有些阴沉，眼睛里也闪现出异样的光。这目光略带不安，分不清是为难、厌恶还是恐惧。这时，我猛然回想起在杂司谷喊他“先生”时的情形。他这两次的表情完全一样。

“我……”先生说道，“出于某种不能告诉你的原因，我不想和别人一起去那里扫墓。我甚至没有带我的妻子去过。”

七

我觉得有点不可思议。当然，我并不是为了研究先生而去登门拜访的。这事我也没再多问，就这样不了了之了。现在回想起来，当时我的态度可以说是我的人生中可贵的品格之一。正因为如此，我才得以和先生保持着有人情味的、亲密的来往。假如我稍动了好奇心，开始去揣摩先生内心的话，那么维系我俩关系的同情之线一定会立刻断开。年轻的我完全没有意识到自己的这种态度。也许正因如此才显得可贵吧。假如我错误地采取了相反的态度，那么我们俩的关系会落得怎样的结果呢？现在想起来还觉得心有余悸。先生一直惧怕别人用冷漠的目光去揣测他，尽管我不是这样的人。

我渐渐往先生家里跑得勤快起来，每个月都要去两三次。有一天，先生突然问我："你为什么经常往我这种人的家里跑呢？"

"也没什么特别的原因。——不过，打扰到您了吧？"

"谈不上打扰。"

确实，先生也丝毫没有流露出受打扰的样子。我知道先生的交际圈很窄。我还知道，他原来的同学只有两三个人住在东京。偶尔我也会在客厅里碰到与先生同乡的学生来访。不过，看起来他们都不如我和先生那么亲近。

"我是个孤独的人。"先生说道，"所以，你来看我，我觉得很高兴。所以才问你为什么这么常来。"

"这又是为什么呢？"

我反问道。先生没有回答，只是看着我的脸，说道："你多少岁了？"

这样的问答令我觉得莫名其妙。不过，当时我也没有追问到底就回去了。而且不到四天我就再次登门拜访。先生一走进客厅就笑起来。

"你又来了呀。"

"嗯，我又来了。"我也笑了起来。

如果是别人说这样的话，我一定会很生气；但先生对我说这样的话时，我的心情却截然相反——不但没有生气，反而觉得很愉快。

"我是个孤独的人。"当晚，先生又重复说起前几天的这句话，“我是个孤独的人。说不定，你也是个孤独的人吧。我倒无所谓，反正也一大把年纪了，耐得住寂寞；可是你还年轻，就不能老是这样。总要尽量多活动，到处去闯一闯吧……”

“我一点也不孤独。”

“年轻的时候是最孤独的了。不然，你为什么经常到我家里来呢？”

——先生又说起了上次的话题。

“虽然你经常来看我，但肯定还是会觉得孤独吧。因为我无法为你根除这种孤独感。你早晚会朝别的方向拓展人际关系，不会再到我这里来了。”

先生说着，露出了凄然的微笑。

八

幸运的是，先生的预言并没有实现。我当时还未经世故，甚至连这句预言的明显含意都没有听懂。我仍然经常去拜访先生。后来，我还在先生家里吃饭了。这样一来，自然难免要和夫人开口说话。

作为一个正常人，我并非对女人冷淡。不过，我当时还年轻，还没有过和女人正式交往的经历。不知道是否出于这个缘故，我只是对那些在大街上看见的陌生女人感兴趣而已。至于先生的夫人，第一次在门口见到时就给我留下了美丽端庄的印象。后来每次见面，都有同样的感觉。但除此之外，关于夫人，我就觉得似乎没什么特别值得说的了。

这与其说是夫人没什么特色，不如说是她暂时没有机会展示自己的特色更为确切。不过，我对夫人的态度，是一直把她当成附属于先生的一部分；而她大概也因为我是来拜访她丈夫的学生而热情相待。如果去掉先生这个中间人的话，我和夫人就成了毫不相干的两个人。所以，对于刚认识不久的夫人，除了美丽端庄的印象之外，我就没有别的感觉了。

有一次，先生在家里招待我喝酒。夫人就在旁边为我们斟酒。先生显得比平时快活许多。他对夫人说："你也来一杯吧。"随即把自己喝干的杯子递过去。"我……"夫人本想推辞，但还是无奈地接过酒杯。我为她斟了半杯酒。她皱起漂亮的眉头，把杯子端到嘴边，一边和先生交谈起来。

"真稀罕。你平时很少让我喝酒的呀。"

"因为你不喜欢喝嘛。不过，偶尔喝点儿也行，能使人心情快活。"

"一点都不快活，我只觉得难受。可你只要喝一点儿就好像很快活似的。"

"有时候是很快活，但也不是每次都这样。"

"今晚呢？"

"今晚感觉很快活。"

"以后可以每天晚上都喝一点儿嘛。"

"那可不行。"

“喝吧。这样就不会感到寂寞了。”

先生家里只有夫妇俩和一个女佣。我每次去时都觉得很冷清，从没听见过有人大声说笑。有时我甚至觉得家里只有先生和我两个人。

“要是有个孩子就好了。”夫人朝着我说道。

“是呀。”我嘴上附和着，心里却不以为然。当时我还没有成家，只觉得小孩子很烦人。

“要不就领养一个？”先生说。

“领养的可不行。你说是吧？”夫人又朝着我说道。

“那就永远都不可能有孩子啦。”先生说道。

夫人沉默了。

“为什么呢？”我问道。

“这是报应啊。”先生说着就大笑起来。

九

据我所知，先生和夫人是一对恩爱的夫妻。我没有和他们一起生活过，当然无法深入了解情况。不过，先生和我在客厅对坐时，有什么事都不叫女佣，而叫夫人。他总是回过头朝房门那边喊一声：“喂，阿静。”（夫人的名字叫“静”。）我觉得这种称呼很温柔。夫人应声走出来的样子也很温婉娴静。有时先生留我吃饭，夫人也在座时，他们俩之间的恩爱关系就表现得更加明显。

先生常常带夫人去听音乐会或去看戏。而且，在我的记忆中，他们夫妇俩至少去过两三次为期一周以内的旅行。我至今还保留着先生从箱根寄给我的明信片。他们去日光旅行时，还随信寄来了一片红叶。

当时我眼中所见的先生和夫人的关系，大致就是这样。只有一次例外。有一天，我像往常一样来到先生家门口，正要请女佣通报时，忽然听到客厅里有人在说话。仔细一听，并不是一般的谈话，而像是在吵架。先生家的客厅紧挨着大门，所以我站在门外就大概能听出那是吵架声。而且，我还听出来，其中那个不时提高嗓门的男人就是先生。而对方的声音比较低，听不清是谁，可我总觉得好像是夫人，好像还哭了。这是怎么回事？我站在门外犹豫了一会儿，随即打定主意，转身返回了住处。

我心里被一种莫名的不安笼罩着，连书也看不进去。大约过了一小时，我听见先生在窗下喊我的名字，连忙惊讶地打开窗户。先生在窗下提议说："去散散步吧。"我掏出还包在腰带里的表一看，已经八点多了。我刚才回来也没换衣服，还穿着裙裤，于是就马上出门了。

那天晚上，我和先生一起喝了啤酒。先生平时酒量就很小，而且喝到一定程度如果还没醉，他也不敢豁出去喝到一醉方休。

"今天不行。"先生苦笑道。

"快活不起来吗？"我同情地问道。

我心里还一直惦记着刚才的事，像骨鲠在喉一般难受。我想跟他直说，但转念一想又觉得不说为好……这种犹豫之情让我显得心神不定。

“喂，你今晚有点反常呀。”先生开口了，“其实我今天也有点不对劲。你看出来了吗？”

我不知道该怎么回答。

“刚才我和妻子吵了一架，所以莫名其妙地有点激动。”先生又说道。

“为什么……”我把“吵架”两个字咽了回去。

“她误会我了。我向她解释说这是个误会，可她还是不依不饶的。我就忍不住生气了。”

“她是怎么误会您的？”

先生却没打算回答我的问题。

“如果我是她想象中的那种人，那我就不会这么痛苦了。”

至于先生究竟有多痛苦，我当然也想象不出来。

十

回去时，我们默默无言地走了一两百米。这时，先生突然开口说道：“我干了件傻事。我一气之下跑出来，她肯定很担心吧。仔细一想，女人真是可怜。比如说我的妻子，除了我之外，就没人可以依靠了。”

说到这里，先生稍微停顿了一下，随即又接着往下说，似乎并没有期待我的回答。

“我这么说，好像我这个当丈夫的心里有多踏实似的，实在有点滑稽。喂，在你看来，我是什么样的？是坚强的人，还是懦弱的人？”

“像是介于两者之间吧。”我回答道。先生对这个回答似乎感到有些意外。他又闭上嘴巴，默默地往前走。

先生回家会经过我的住处。走到附近路口时，我觉得这样分开有点过意不去，于是就说：“我顺便陪您走回家吧。”先生却立刻伸手拦住我。

“已经很晚了，你快点回去吧。我也得赶紧回去，为了我的妻子。”

先生最后加的这句“为了我的妻子”，莫名地使我内心感到温暖。因为这句话，我回到住处后才得以安然入睡。后来过了很久，我都没有忘记“为了我的妻子”这句话。

因为这句话，我也知道了先生和夫人之间的争吵并非什么大事。后来我经常上门，也能大致推测出，这种事情很少发生。而且，有一次先生甚至还把这样的感想说给我听。

“在这个世上，我只有过一个女人。除了我的妻子以外，其他女人都无法令我心动。而妻子也视我为天下唯一的男人。从这个意义上来说，我们俩应该是天生最幸福的一对。”

如今，我已经忘记当时为什么会说起这事了，所以也说不清楚先生为什么要这样向我坦白。但我至今还记得先生那认真的表情和低沉的语调。当时，在我耳边产生异样回响的，是最后那句“应该是天生最幸福的一对”——先生为什么不肯定地说“是”，而说“应该是”呢？我对这点感到十分疑惑。尤其令我不解的是，先生在这里还特别加重了语气。这难免让我怀疑：先生是真的幸福，还是本来“应该幸福”而实际上却并没有那么幸福呢？当然，这种怀疑只是瞬间的一个闪念，很快就被我抛到脑后去了。

过了不久，我去拜访先生时，不巧他没在家，于是我就有了和夫人面对面说话的机会。当天，先生是去新桥为一个准备从横滨乘船出国的朋友送行。那时有这么个习惯，在横滨乘船的人都会坐早上八点半的火车离开新桥。我因为要向先生请教某本书上的问题，所以事先跟先生约好了九点钟上门拜访。而先生去新桥则是临时决定的——因为昨天那个朋友特意来辞别，从礼节上来说应该去新桥为他送行才对。先生临出门时留下话，说很快就回来，让我在家等着。于是我就走进客厅，一边等先生，一边和夫人聊了起来。

十一

那时我已经是个大学生，感觉自己比初次上门拜访时成熟了许多，而且和夫人也比较熟了，在她面前并不感到拘谨。我们聊了很多，但都是些闲话，所以如今几乎已经全忘了，只记得其中提到的一件事。在说这件事之前，我想先稍作说明。

先生是读过大学的，这我一开始就知道。但我回到东京过了一些时日之后，才发现先生原来一直赋闲在家。当时我就想：先生为什么能闲得住呢?

先生是个默默无闻的人。所以，除了我与他来往密切之外，应该没有人会对他的学问和思想怀有敬意。我常常为此感到可惜。先生却不以为意，只是回答说："像我这样的人，怎么好意思在社会上开口说话呢？"在我听来，他的回答过于谦虚，反而像是对社会的嘲讽。事实上，先生在提到他那些混出了名堂的老同学时，经常会毫不客气地加以批评。于是我直截了当地向先生指出这一矛盾。我之所以这么做，其实并非出于叛逆精神，而是为世间埋没了先生却无人在乎而感到遗憾。当时，先生语气低沉地说道："我是个没有资格对社会发声的人，没办法。"他的脸上清晰地浮现出一种凝重的表情——不知道是失望、不满还是悲哀。总之，这种情绪是如此强烈，令我无言以对。我也就没有勇气继续往下说了。

我和夫人聊着关于先生的事，自然提起了这个话题。

"先生为什么只是在家里思考、学习，而不到社会上做点事呢？"

"他可做不来。他最讨厌出去做事了。"

"您是说，他领悟到那是没有意义的？"

"是不是领悟到，我一个女人家的，也不太懂。不过，可能不是出于这个原因吧。他应该还是想做点事的，但却做不成，所以才让人同情呀。"

“可是，先生的健康状况好像没什么问题吧？”

“身体当然挺好，没病没痛的。”

“那为什么不出去做事呢？”

“我也不知道呀。我要是知道的话，就不会这么担心了。正因为不知道，所以才觉得他很可怜。”

夫人的语气充满了同情，但嘴边仍然露出微笑。而我则一脸严肃，默不作声。在旁人眼里看来，我倒显得过于认真了。这时，夫人像突然想起什么似的，又开口说道：

“他年轻时可不是这样的。那时跟现在完全不一样。现在完全变了。”

“您说的‘年轻时’是指什么时候？”我问道。

“学生时代呀。”

“学生时代您就认识先生了？”

夫人脸上突然泛起淡淡的红晕。

十二

夫人是东京人。之前听先生和夫人自己说过。夫人说：“其实我是个‘混血儿’。”——她的父亲好像是鸟取县[1]人，母亲

---

1 位于日本的中国地区，本州（日本最大的岛，也是本土四岛之一，占据了日本最主要的国土面积，因此得名“本州”）西部的一个县。北临日本海，南侧和广岛县相接，目前是日本人口最少的县。——编者注

则出生于东京（当时还叫“江户[1]”）市谷[2]，所以她才半开玩笑地这么说。而先生的老家却是离东京很远的新潟县[3]。所以，如果夫人和先生学生时代就相识的话，显然也不是因为同乡的关系。不过，夫人脸色微微泛红，似乎不想再说下去，我也不好继续刨根问底了。

从认识先生到先生去世，我通过各种事情接触到先生的思想和情操，但对他结婚时的情况却几乎一无所知。有时我会从善意的角度来理解——先生毕竟是长辈，比较谨慎，不愿意给年轻人讲自己的风流韵事。但有时我也会从消极的角度来理解——无论先生还是夫人都跟我不同，他们是在上一个时代的守旧传统中长大成人，所以一提到谈情说爱的话题，就没有勇气坦率地敞开自己的心扉。当然，这只是我的猜测而已。而且无论哪种情况，我都设想他俩在结婚之前有过一段绚丽的罗曼史。

我的设想果然没错。然而，我只能想象到这段爱情的一个侧面。在这绚丽的爱情背后，还隐藏着可怕的悲剧。而且，这个悲剧于先生而言是如何惨痛，夫人却根本不知道。直到今天，她仍然毫不知情。先生至死也没有告诉她。先生在毁掉夫人的幸福之前，先毁掉了自己的生命。

关于这个悲剧，现在我什么都不愿说。至于因这个悲剧而成

---

1 东京旧称“江户”，1868年才改称“东京”。

2 现属东京都新宿区，1947年东京区划改革为23区前都属于旧牛込区。夏目漱石就出生在这片区域。——编者注

3 县名，位于本州中部，北临日本海，辖区范围南北狭长，是日本面积第五大的县。——编者注

就的他俩之间的爱情，正如前文所说——他们俩都没有告诉过我。夫人是出于慎重，先生则有着更深层的理由。

只有一件事还留在我的记忆中。那是樱花盛开的季节，我和先生一起去上野[1]赏花。在那里，我们看到有一对漂亮的情侣，两人亲密地依偎着在花下漫步。因为是在公共场合，所以他俩比樱花更引人注目。

“好像是新婚夫妇吧。”先生说。

“瞧那亲热劲。”我回答道。

先生面无表情，甚至连一丝苦笑都没有。他朝看不见那对情侣的方向走去，然后问我：“你谈过恋爱吗？”

我回答说没有。

“你不想恋爱？”

我没有回答。

“不至于不想恋爱吧？”

“嗯。”

“你刚才看到那对情侣时说了句风凉话。你这句风凉话，流露出欲追求爱情而不可得的不满。”

“您听得出这样的语气吗？”

“听得出。得到爱情滋润的人，会说出更温和的话来。可是……可是，我告诉你，爱情是罪恶呀。你明白吗？”

我顿时目瞪口呆，什么也回答不出来。

1　东京市台东区的一个地区，位于东京市的东北部。建有日本第一个公园——上野公园，是日本最著名的赏樱地。——编者注

十三

我们走在人群中。每个人都兴高采烈的。我们穿过人群，走到一片既没有花也没有人的树林里，这时才有机会继续谈论刚才的话题。

“爱情是罪恶吗？”我突然问道。

“是罪恶。毫无疑问。”先生的语气和刚才一样强烈。

“为什么？”

“你很快就会明白的。不，不是‘很快’，你应该已经明白了。你不是早就为爱情而动心思了吗？”

我审视了一下自己的内心。不料那里却是一片空虚，找不到跟爱情有半点关联的东西。

“我心里没有特定的目标。我并没有对先生隐瞒什么。”

“正因为没有目标，所以你才会动心思。你以为有目标的话就能获得安稳，所以内心蠢蠢欲动。”

“我现在也没怎么动。”

“你不是因为心里空虚而跑来找我的吗？”

“也许是吧。可这跟爱情是两码事呀。”

“这是通往爱情的阶梯。你在获得异性的拥抱之前，先找到了我这个同性之人。”

“我觉得这两件事的性质完全不一样。”

“其实是一样的。作为一个男人，我无法使你得到满足。而且，因为某些特殊原因，我更是一直让你感到不满。我觉得很内疚。你难免会离开我，到别处去。其实，我倒是希望这样。可是……”

我突然感到一阵悲伤。

“如果您认为我会离开您，那我也没办法。可我还从没有过这个念头。”

先生却对我的话充耳不闻。

“可是，你必须非常小心才行，因为爱情是罪恶。在我这里，你虽然得不到满足，但也没什么危险。——喂，你知道被女人的乌黑长发缠住是怎样一种心情吗？”

这种心情，我可以想象出来，但却没有过切身体会。总之，我觉得先生所说的“罪恶”意思晦涩难懂，于是心里略有不快。

“先生，请您把‘罪恶’的意思解释得清楚一些。不然，这个话题就暂时打住吧，等我弄清楚‘罪恶’是什么意思再说。”

“对不起。我的本意是要跟你说实话，结果却让你感到焦虑。对不起。”

我和先生默默地从博物馆后面走向莺溪[1]那边。从篱笆墙的空隙间，可以看见宽敞的庭院一角长着茂盛的山白竹，显得深邃而幽静。

“你知道我为什么每个月都到杂司谷墓地去给朋友扫墓吗？”

先生问得很突兀，而且他也知道我回答不出来。我沉默了好一会儿。这时，他才好像突然意识到什么似的说道：

1　即莺谷，东京市台东区的地名，徒步至上野公园只需五分钟左右。——编者注

“对不起，我又错了。我怕你焦虑，想解释一下，结果却让你越来越焦虑了。真没办法。这个话题就此打住吧。总之，爱情是罪恶的，明白吗？同时，它又是神圣的。”

先生的话让我越听越糊涂了。但从此以后，他却再也没有提起过关于爱情的话题。

十四

我这个年轻人容易钻牛角尖，至少在先生看来是这样的。对我来说，先生的话比学校的课堂更有益，先生的思想比教授的观点更可贵。总之，比起那些在讲台上教我的大教授们，我觉得甘于独处而且沉默寡言的先生似乎更了不起。

“你不能太沉迷了。”先生说道。

“我是醒悟之后才意识到的。”我满怀自信地回答。可先生却不认同这种自信。

“你这是头脑发热，一旦冷静下来就会厌倦的。看见你如此沉迷，我感觉很痛苦。而当我想象到你接下来将要发生的变化时，我就更加痛苦了。”

“在您眼中，我就这么轻浮，这么不可信吗？”

“我感到很同情。”

“您的意思是说，同情我但却不相信我，是吗？”

先生有点为难地望着院子。院子里，前不久还点缀着一朵朵沉甸甸的深红色山茶花，现在却一朵也看不见了。先生常常在客厅里眺望这山茶花。

“我说的不相信，并不是针对你，而是不相信所有的人。”

这时，篱笆墙外传来了卖金鱼的吆喝声。除此之外，没有别的任何声响。从大街拐进两百米深处的这条巷子出乎意料地安静。屋里也跟平时一样静悄悄的。我知道夫人就在隔壁房间。我还知道，她正默默地做着针线活什么的，能听见我的说话声。可是我却完全忘记了这一点。

“那么，您连夫人也不相信吗？”我问道。

先生流露出一丝不安的神情。他没有正面回答。

“我甚至连我自己都不相信。既然自己都不相信自己，当然也就无法相信别人了。我只能诅咒我自己，除此之外别无他法。”

“如果想得那么复杂，那就没人靠得住了呀。”

“不，我不是想出来的，而是亲身经历过。经历过之后才大吃一惊，觉得非常可怕。”

我正想顺着这个话题继续往下问时，忽然听到夫人在房门后喊了他两声。听见喊声，先生问道：“什么事？”“你来一下。”夫人把先生叫到隔壁房间去。我不知道他俩之间有什么事。我还没来得及多想，先生就回到客厅来了。

“总之，你不能太相信我哟，不然迟早会后悔的。而且，一旦发现自己受骗时，就会采取残酷的报复。”

“这是什么意思？”

“曾经跪拜在某人膝下的记忆，到时会让你想把脚踩到他头上去。我为了避免将来受这种侮辱，所以现在才拒绝受别人的尊敬。我宁可现在忍受孤独，也不愿将来忍受更凄惨的孤独。我们既然生在充满自由、独立和自我的时代，就必须付出体验这种孤独的代价。”

面对着早有觉悟的先生，我不知道该说什么。

十五

从那以后，每次见到夫人时，我都有些担心：先生对夫人也一直是采取这种态度吗？如果是的话，夫人会满足于此吗？

夫人的表情让人分辨不出是否有所不满。因为我没什么机会近距离地接触她，而且每次见面时她的表现都一如平常。更何况，先生不在家时我和她也很少见面。

我还有更深层的疑惑：先生的这种人生观是从哪里来的呢？难道只是冷眼审视自我以及观察现实社会的结果？先生是属于坐在家里思考的性格。那么，只要有他那样的头脑，坐在家里思考社会，就能自然而然地形成这种人生观吗？我觉得并不全是如此。先生的人生观是鲜活的，它不同于石头房屋那被火烧过又冷却下来的冰冷框架。在我眼里，先生确实是思想家。但这位思想家总结而成的主义背后，似乎融入了坚实可靠的事实。——这些隐藏其中的事实，并非与他自己无关的别人的事，而是他自己痛切地体验过的，曾令他热血沸腾、脉搏停止的亲身经历。

这并非我的臆测，而是先生本人的自白。不过，他的自白像云雾缭绕的山峰一样朦胧不清。我感觉头上仿佛被蒙了一层莫名其妙的可怕的东西。而且，连我自己也不知道为什么觉得可怕。先生的自白语焉不详，却分明震撼着我的神经。

我猜想，先生这种人生观或许来自于一段轰轰烈烈的爱情故事（当然是发生在先生和夫人之间的）。先生曾经说过“爱情是罪恶”，联想起来，多少也算条线索。不过，其实先生告诉过我，说他很爱夫人。可见，这种近于厌世的念头应该不是来自于他俩的爱情。先生说过：“曾经跪拜在某人膝下的记忆，到时会让你想把脚踩到他头上去。”这句话应该只是一般泛指，似乎不适合用在先生和夫人之间。

杂司谷那座不知是什么人的坟墓，也常常出现在我的记忆里。我知道，那座坟墓和先生有着密切的关系。我不断地接近却又无法走进先生的生活，于是我把那座坟墓留在了自己的头脑中——它象征着先生记忆中的某个生命片段。可对我来说，那座坟墓却完全是死的，无法成为开启我们俩之间生命之门的钥匙，反而像怪物一样站在我们之间，阻碍着我们的自由交往。

没过多久，我又有了和夫人面对面说话的机会。当时正是白昼渐短、寒意逼人的秋季。先生家附近连续三四天被小偷光顾了，而且都发生在傍晚天刚黑的时候。小偷所到之处都被偷走了些东西，尽管不是什么贵重物品。这让夫人感到很害怕。一天晚上，先生有事要出门。——有个在外地医院工作的同乡好友来东京了，先生约好了和另外两三个人一起请他吃饭。先生向我说明了原委，拜托我帮忙看家，等他回来。我当即答应了。

十六

傍晚我就来到先生家，时间尚早，正准备点灯。不过，一向守时的先生已经不在家了。“他怕迟到了不好，刚刚出门。”夫人说着，把我带到先生的书房。

书房里除了书桌、椅子之外，还有很多书。灯光透过书柜玻璃，照着那一排排精美的书脊。夫人让我坐在火盆前的坐垫上，说了句：“你可以随便看看这些书。”随即出去了。我就像等待主人回来的客人一样，拘谨地坐在那里抽烟。这时，从起居室传来夫人对女佣说话的声音。书房位于起居室檐廊尽头拐角处，从房屋的位置来说，比客厅更僻静。过了一会，夫人的说话声停下来后，四周一片寂静。我一动不动地留意着周围的动静，仿佛在等小偷到来。

大约三十分钟过后，夫人又出现在书房门口。她“哎哟”地叫了一声，用略带惊讶的眼神看着我，大概是觉得我像个客人似的正襟危坐的样子很滑稽吧。

“你这样太拘谨了吧。”

“不拘谨。”

“觉得很无聊吧？”

“不会。我正担心小偷会不会来，很紧张，所以也不觉得无聊。”

夫人手里端着一杯红茶，笑吟吟地站在门口。

“这个书房比较偏，不适合看家。”我说道。

“那就麻烦你移步到靠近中间的起居室来吧。我怕你觉得无聊，刚给你沏了杯茶端过来。如果起居室合适的话，就到那边用茶吧。”

我跟着夫人走出书房。起居室里，铁壶在精致的长火盆[1]上滋滋作响。我在这里享用了茶和点心。夫人没有喝茶，说是怕喝了睡不着觉。

“先生经常出去参加这样的聚会吗？”

“不，很少出去。近来他好像越来越不愿意和人见面了。”

夫人说这话时，脸上并没有流露出为难的神色。于是我就大胆地问道：“只有您是例外吧？”

“哪里，我也是被他讨厌的人之一。”

“这不是实话。”我说道，“您明知不是实话而故意这么说的吧？”

“为什么？”

“要我说呀，先生正是因为喜欢您，所以才讨厌社会。”

“你真不愧是个读书人，空话说得头头是道的。不过，按你这个逻辑是不是也可以说，他正因为讨厌社会，所以连我也讨

1 日本的一种传统取暖设备，也可以烧水、煮茶等，在古代为贵族和武士专用，进入明治时代后在一般家庭中也较为普及。——编者注

厌起来了？”

“这两种逻辑都说得通。不过，在这个问题上，我的说法才是正确的。”

“我最讨厌争论了。男人们经常争论得不亦乐乎，就好像拿着空酒杯在那儿不停地敬酒似的。”

夫人的话有些尖刻，但却不至于让人觉得十分刺耳。现代人习惯于让别人承认自己的聪明才智，并因此而自鸣得意。而夫人却缺乏这种现代性。她似乎更注重内心的沉淀。

十七

本来我还有话要说，可又担心被夫人误以为是喜欢挑起争论之人，于是就没再说话，默默地盯着喝干了的茶杯底。夫人似乎怕我觉得尴尬，就问道：“再喝一杯吧？”我马上把茶杯递给她。

“要放几块？一块还是两块？”

夫人灵巧地用镊子夹起方糖，看着我问道。她的态度虽然算不上是在讨好我，但却表现得很亲切，似乎想尽力缓和刚才说话的尖刻感。

我默默地喝着茶。喝完了仍然没有吭声。

“你怎么一句话也不说呢？”夫人问道。

“我一开口，又要被你批评说故意挑起争论了。”我回答。

“怎么会呢。”夫人说道。

我们以此为话头，又开始聊起来。话题还是集中在彼此都感兴趣的先生身上。

“夫人，我能继续说刚才的话题吗？也许在您听来是空话，可我并不是随口乱说的。”

“那你就说吧。”

“假设您现在突然不在了，先生还能按照原来的样子活下去吗？”

“这我可不知道。这个问题嘛，你只能去问先生，不该来问我呀。”

“夫人，我是认真的。请您诚实地回答，不要回避。”

“我就是诚实地回答呀——我不知道。”

“那么，夫人您有多爱先生呢？这个问题与其问先生，不如问您。所以我才要问您。”

“没必要一本正经地问这种问题吧？”

“您的意思是说，答案很明显，没必要这么一本正经地问？”

“嗯，是呀。”

“夫人您这么爱先生，假如您突然不在了，先生会变成什么样呢？先生本来就觉得社会上的一切事物都很无趣，假如您又突然不在了，他会变成什么样呢？——不是从先生的角度，而是从您的角度来看。从您的角度来看，先生会变得幸福还是不幸呢？”

“从我的角度来看，这很明显。（尽管先生也许不这么认为。）他如果离开我，只可能变得不幸，甚至可能活不下去。我这么说，好像有点自以为是。但我相信，我已经尽可能让先生感受到世间的幸福。我甚至相信，没有人能像我这样让他过得幸福。所以，我才能一直这么心安理得。”

“我觉得，您的这种信念，先生心里应该领会到才对呀。”

“这是另一个问题了。”

“您是说，先生讨厌您？”

“我并不认为他讨厌我。他没理由讨厌我呀。不过，我不是说了嘛——他讨厌社会，最近更是变成讨厌人类。既然如此，我作为人类的其中一员，又怎么可能被他喜欢呢？”

这时，我终于才理解了夫人所说的“被讨厌”是什么意思。

十八

夫人的理解能力令我佩服。她那不同于旧式日本女人的气质也令我感到新鲜。但她却几乎从不使用当时开始流行的所谓新词。

我是个不曾和女人有过深入交往的无知青年。出于男人对异性的本能，我常常把女人作为憧憬的对象，对其产生向往之情。但这只是一种朦朦胧胧的向往，就像眺望着令人眷恋的春日云霞一般。所以，一旦在现实中面对女人时，我的情感往往会突然发生变化。当一个女人出现在我面前时，我非但不会被她吸引，反而会产生一种莫名其妙的抗拒感。然而，面对夫人时，我却丝毫没有这种感觉，也从未感觉到男女之间普遍存在的思想上的差距。我忘记了她是个女人。在我眼中，她只是先生忠实的评论者和同情者。

“夫人，我上次问您为什么先生不到社会上做事的时候，您说过他原来并不是这样的，对吧？”

“嗯，我是说过。他以前确实不是这样的。”

“以前是什么样的？”

“他以前是个有出息的人，就像你希望的那样，也像我希望的那样。”

“那为什么突然变了呢？”

“不是突然变，而是逐渐变成这样的。”

“在这期间，夫人您一直和先生在一起吧？”

“当然，我们是夫妻嘛。”

“那您应该知道先生为什么会变成这样的呀。”

“所以这才让我苦恼啊。你这样说，让我觉得很难受。可我就是怎么也想不明白。我不知向他哀求过多少次，请他告诉我。”

“先生是怎么说的？”

“他只是说：‘没什么好说的，没什么好担心的，我就是这样的性格啦。’然后就不再回应。”

我沉默不语。夫人也没有继续往下说。女佣房间那边没有一点声响。我完全忘掉了小偷的事。

“你不觉得我有责任吗？”夫人突然问道。

“不。”我回答。

“你就直说吧，不用隐瞒。别人这么看，会让我非常痛苦。”她又说道，“不过，我觉得自己已经为先生做了力所能及的事。”

“这一点先生也是认可的，我敢保证。您放心好了。”

夫人拨平了火盆里的炭灰，随即把水瓶里的水倒进铁壶。铁壶立刻安静下来。

“我终于忍不住对先生说：‘我要是有什么不对的地方，就请直说。能改我一定会改的。’先生回答说：‘你没有不对，不对的是我。’听他这么一说，我难过得哭了起来，而且更想知道自己哪里做得不对了。”

夫人的眼睛里满含着泪水。

十九

我刚开始和夫人接触的时候，觉得她是一个很理智的女人。然而，在交谈过程中，她的形象却逐渐发生了变化。她对我不再是晓之以理，而是开始动之以情了。她觉得，自己和丈夫之间没有——或者说应该没有任何隔阂，可是又分明有点什么。然而，当她睁大眼睛想看清楚时，却又发现什么也没有。这就是让夫人感到痛苦的症结所在。

夫人起初断言，先生是因为以厌世的眼光看社会，结果对她也讨厌起来。尽管如此断言，却又无法安心。她内心甚至从相反的角度进行推测，说不定，先生是因为讨厌她，最终才变成讨厌社会的。然而，无论她如何费尽心思，都无法证实自己的这个推测。先生对待妻子的态度，总是那样温柔体贴。于是，夫人只得用日复一日的爱意把这个疑团包裹起来，悄悄地埋藏在心底。而那天晚上，她终于在我面前打开了这个包裹。

“你是怎么想的？”夫人问我，“他是因为我才变成这样，还是因为像你所说的人生观什么的才变成这样的？请你坦白地告诉我吧，不要隐瞒。”

我无意隐瞒。可是，如果这里面有什么我不了解的隐情，那么无论我怎样回答都无法让她满意。而且，我确信这里面有我所不了解的隐情。

“我不知道。”

听到我这句话时，夫人脸上立刻流露出一种期待落空的悲哀神情。我赶紧补充道：“不过，我可以保证，先生并没有讨厌您。这是先生亲口说的，我只是如实传达给您。先生是个从不说谎的人吧？”

夫人没有回答。过了一会儿，她才说道：“其实，我倒是想起了一件事……”

“是跟先生变成这样有关的吗？”

“嗯，如果真的是这个原因的话，那就不是我的责任了。这样，我心里也就好过多了……”

“是什么事呢？”

夫人迟疑了一下，低头看着自己放在膝盖上的手。

“我说，你来判断吧。”

“只要我能判断的话。”

“不过，我不能全说，全说要挨骂的。我只能说不会挨骂的那部分。”

我紧张得咽了一口唾沫。

“先生还在上大学的时候，有一位非常要好的朋友。那个朋友在临近毕业时死了。突然死的。”

夫人像对我耳语似的小声说道：“而且不是正常死亡。”她的语气，使我不由得反问一句：“为什么？”

“只能说这么多啦。但问题是，发生这件事之后，先生的性格就开始变了。那个朋友为什么会死，我不知道，先生可能也不知道吧。可是，考虑到先生从那之后就开始变了，难免让人觉得跟这件事有关。”

“杂司谷的墓，就是那个人的吗？”

“这个我也不能告诉你。可是，仅仅因为失去一个好朋友，就会发生这么大的变化吗？我特别想知道这一点，所以想请你帮我判断一下。”

我的判断，是倾向于否定的。

二十

我想尽可能地用我找到的事实来安慰夫人，而她似乎也尽可能地从我这里得到安慰，所以我们一直在谈论着这个问题。然而，我完全把握不住事情的根本。夫人的不安，其实也来自于仿佛飘忽其间的薄雾一般的疑惑。至于事情的真相，她自己知道的并不多，而知道的部分也不能全都告诉我。因此，无论是安慰人的我，还是被安慰的夫人，都像漂浮在波面上摇摆不定。在摇摆不定之中，夫人只能拼命地向我伸出手，想把我那不可靠的判断当作救命稻草。

十点左右，门外传来先生的脚步声时，夫人似乎突然忘记了刚才的一切，扔下我，起身走到门口，险些和打开格子门的先生撞个满怀。被晾在一边的我，也跟着夫人迎上前去。只有女佣没出来迎接，大概是在打瞌睡吧。

先生的心情很好，而夫人则显得更是快活。我记得，刚才夫人那美丽的眼睛里还闪烁着泪光，那乌黑的双眉还紧蹙着。我仔细地打量着夫人这反常的变化。如果这不是故意装出来的话（实际上我也觉得不像是装出来的），那么，刚才夫人对我的倾诉，就难免会让人觉得是为了玩弄感伤而特意做给我看的小把戏了。不过，当时我也没想要责怪夫人。看见她变得容光焕发，我反而放心了，心想，既然如此，我也就不必担心了。

先生笑着问我："辛苦你啦，小偷没来吗？"接着又说道："小偷没来，有点扫兴吧？"

我要回去时，夫人向我点头行礼："真是对不起。"她那语气，听起来并不像是为浪费了我的宝贵时间而感到抱歉，而像是有一种调侃意味，为我特意来蹲守却没碰上小偷而感到遗憾。她一边说着，一边把刚才吃剩的点心用纸包好，塞到我手上。我把它放进袖兜里，在寒夜中穿过行人稀少的蜿蜒小路，朝热闹的街区快步走去。

我从记忆中抽取出那天晚上的事，详细地写下来。我觉得这事值得一提，所以才写出来的。不过说实话，当我接过夫人的点心回家时，并没觉得当晚的谈话有多重要。第二天，我从学校回来吃午饭，一看到昨晚放在桌上的那包点心，就马上从中取出一块涂着巧克力的茶褐色蛋糕，大口地吃起来。我一边品尝蛋糕，一边意识到，送给我点心的这两个人，毕竟还是世上一对幸福的夫妇。

秋去冬来，一直都没有发生什么特别的事。我去先生家时，还顺便请夫人帮我浆洗和缝制衣服。以前我从没穿过衬衣[1]，而从这个时候起，我开始穿上了带有黑领子的衬衣。夫人没有小孩，她总是说，这样帮我做点活儿可以打发时间，对身体有好处。

"这是手工织的呀？我还从来没有缝过布料这么好的衣服呢。就是不好缝，针都扎不进去。为了缝它，我还折断了两根针哩。"

就连这样抱怨的时候，夫人也没有流露出丝毫不耐烦的表情。

---

1 这里指和服下面穿的贴身衬衫。

二十一

冬天到了，我临时有事要回一趟老家。母亲来信说，父亲的病情不太乐观。最后还附上一句："眼下虽然还没到危急的时候，但毕竟上了年纪，你尽量抽空回来看看吧。"

父亲很早就得了肾病，就是人过中年之后常患的那种慢性病。不过，他本人和家里人都对此深信不疑：只要平时注意调养，就不会突然恶化。每次有客人来，父亲就向他们吹嘘说，幸亏自己注重养生，才总算熬到了今天。然而，据母亲信中所说，这天父亲到院子里干活的时候，突然晕倒了。家里人误以为是轻度的脑溢血，马上进行治疗。后来医生诊断说，可能不是脑溢血，而是老毛病导致的。于是大家才把父亲晕倒和肾病联系起来。

离寒假还有一小段时间。我想着等到学期末再回去也无妨，就这样过了一两天。可是在这一两天里，我眼前不时浮现出父亲卧病在床、母亲忧虑不安的样子。每当这时，我就觉得心里十分难受，于是终于下决心回一趟家。为了省去家里寄路费过来的麻烦和时间，我打算到先生家告别时顺便向他借点钱。

先生有些感冒，懒得来客厅，就让我到他书房去。入冬以来难得一见的和煦阳光，透过书房玻璃门照在书桌台布上。先生在这间光线良好的书房里放了一个大火盆，火盆上面架着一个金属脸盆，脸盆上方热气腾腾——先生用这种方法来舒缓呼吸。

"生一场大病还好，这种小感冒真是讨厌。"先生一脸苦笑地看着我。

先生从没生过什么大病。听他这么说，我直想笑。

“感冒之类的小病我还能忍，再重一点我可不干。先生您也一样吧。您试一下就知道了。”

“是吗？我觉得，如果非要生病的话，那干脆得个绝症好了。”

对于先生的话，我并没怎么在意。我随即说起母亲的来信，向先生借钱。

“你一定在为路费发愁吧。这点钱我手头还是有的，你拿去用吧。”

先生叫来夫人，让她把我所需要的钱拿给我。夫人从里屋橱柜之类的抽屉取来钱，整齐地叠放在一张白纸上。她对我说：“你肯定很担心吧。”

“晕倒过好几次吗？”先生问道。

“信上什么也没说。得这种病是会经常晕倒的吗？”

“嗯。”

这时我才知道，夫人的母亲原来也是患了跟我父亲一样的病而去世的。

“反正是很难好了吧。”我说道。

“是呀。如果可以的话，我倒是愿意代替你父亲得病的。——他呕吐吗？”

“不知道啊，信上也没写，可能没有吧。”

“只要没有呕吐，就不要紧的。”夫人说道。

我乘坐当天晚上的火车离开了东京。

二十二

父亲的病没有想象的那么严重。不过，我回到家时，他还是盘着腿坐在地铺上。他说："你们都这么担心，害得我只能这么老老实实地待着。唉，其实早就可以起来活动啦。"可到第二天，父亲就不顾母亲的劝阻，让她把被褥收起来。母亲一边满不情愿地叠着粗绸被子，一边对我说道："你父亲一看你回来，马上就想逞能了。"我倒没觉得父亲是在故意逞能。

我哥哥远在九州工作，行动不方便，所以不到万不得已的时候是不会回来看望父母的。我妹妹则嫁到了外地，这边有什么紧急情况时也无法随叫随到。兄妹三人之中，行动最自由的还是我这个学生。我按照母亲的吩咐，扔下学校的功课在放寒假前赶回来，让父亲感到很欣慰。

"一点小病就让你请假回来，这么麻烦。都怪你母亲在信里说得太夸张了。"

父亲不光嘴上这么说，而且还让母亲把铺在地上的被褥收起来，表示自己像往常一样健康。

"不能大意，要是复发就麻烦了。"

对于我的提醒，父亲似乎很高兴，但同时又不以为然。

"唉，没事的，只要像平时那样小心一点就行。"

父亲的病似乎确实不要紧。他在家里随意走来走去，既不喘，也不头晕，只是脸色比正常人差很多。不过以前就一直这样，所以我们也没有特别担心。

我给先生写了一封信，感谢他借钱给我，并说等过年后回东京时再把钱还给他。然后我还告诉他说，父亲的病并没有想象的那么严重，看样子暂时可以放心，没有头晕也没有呕吐等等。最后，我还问候了一句先生感冒好了没有。其实，我并没怎么把他的感冒放在心上。

写完寄出时，我根本不指望会收到先生的回信。信寄出后，我一边和父母聊起先生的事，一边遥想着远在东京的先生的书房。

“下次回东京时，给他带点香菇什么的吧。”

“嗯，不过不知道他吃不吃香菇干？”

“虽然味道一般，但也没人不爱吃的吧。”

在我看来，把香菇和先生联系在一起感觉很奇怪。

收到先生的回信时，我有点惊讶。尤其是当我发现信中并没写什么特别之事时，就更惊讶了。我觉得，先生回信只是为了向我表示关心。这么一想，这封简短的回信便足以令我欣喜异常。当然，这是我收到先生的第一封来信。

我想先说明一下——“第一封来信”这种说法，可能会让人以为我和先生之间经常互通书信，其实并非如此。先生生前，我只收到过他的两封来信。其中一封就是现在这封简短的回信，另一封则是先生临终前特意写给我的一封长信。

父亲这种病是要尽量少动的。所以，他下地之后也几乎没去过户外，只是在一个风和日丽的下午到院子里转了一下。以防万一，我紧紧地跟在他身边。而且还不放心，想让他把手搭在我肩上。父亲却只是笑了笑，没有听从。

二十三

为了帮父亲解闷，我常常陪他下将棋[1]。我们父子俩都是性格懒散之人，下棋时就把棋盘搁在炉架上，手脚缩进被炉里取暖，每次要走棋时才把手伸出来。我们还经常弄丢手里的棋子，直到开始下一盘才发现。母亲有时会在炉灰中找到棋子，就用火钳夹出来，颇为可笑。

“围棋棋盘太高，还带着腿儿，在被炉上面没法下。还是将棋盘好，随便摆在这里就能下，最适合懒人了。好，再来一盘。”

父亲下赢的时候准会说“再来一盘”，下输的时候也会说“再来一盘”。总之，无论输赢他都喜欢缩在被炉里下棋。一开始我还觉得挺新鲜的，对这种隐居式的娱乐产生了相当的兴趣。可是随着时日一长，这种刺激就无法满足我这个年轻力壮的小伙子了。我常常把攥着“金”或“香车”[2]的拳头举过头顶打呵欠。

我想起了在东京的生活。我听到血流涌动的心脏深处传来一阵持续不断的鼓动声。不可思议的是，在这种微妙的意识状态中，我感觉到这鼓动声仿佛被先生的力量变得越来越强劲。

---

1 日本象棋，与中国象棋近似。

2 “金”和“香车”都是将棋的棋子。

我在心里把父亲和先生作了一番比较。在世人眼中，他们俩都是可有可无的老实人。从获得别人认可这一点来说，两人都是零。然而，我这位喜欢下将棋的父亲，即使只作为玩伴也不能使我感到满足，而从来没有和我一起游玩过的先生，却逐渐对我的头脑产生了一种超越了玩伴关系的影响。不过，“头脑”这个词太冰冷了，应该改成“内心”才对。先生的力量勒紧了我的肉体，先生的生命流进了我的血液中——在当时的我看来，这么说也毫不夸张。父亲是我的生父，而先生只是个外人——当这显而易见的事实摆在眼前时，我竟然像突然发现了什么大道理似的，觉得无比惊讶。

我开始感到百无聊赖。而父母看我的眼光也发生了变化，从稀罕逐渐变成了厌倦。我想，凡是放暑假回家的人大概都体验过这种心情吧。刚开始的一个星期还被奉为上宾，受到热情款待，可是等高潮一过，家里人的热情就毫无例外地冷淡下来，对你逐渐怠慢，甚至把你视为可有可无之人。这次在家期间，我已经度过了这个蜜月期。而且，我每次回家，都会从东京带回来一种令父母觉得莫名其妙的怪味儿。正如从前有人把天主教的异味带进儒教的家里一样，我带回来的怪味儿也是与父母格格不入的。当然，我会尽量掩饰。但这种怪味儿本来就已经附在身上，无论如何掩饰都难免会被父母察觉。我终于觉得乏味了，想早点回东京去。

父亲的病幸好还是维持原样，没有丝毫恶化的迹象。为了慎重起见，我特意从外地请来名医，做了详细的检查。结果确实没有发现什么别的症状。于是我决定在寒假结束前提前返回东京。可当我提出要走时，父母却都反对。人情这东西真是奇妙。

“这么快就要回去了？不是还早吗？”母亲说。

“再多住四五天也来得及呀。”父亲说。

我没有改变自己决定的动身日期。

二十四

回到东京时，发现门松[1]不知何时已经撤掉了。大街上刮着寒风，看不见一点过年的热闹景象。

我马上去先生家还钱，顺便带上了从老家捎来的香菇。不过，一声不吭地突然拿出来好像有点奇怪，所以我特意解释说是母亲让送的，然后才把香菇放到夫人面前。香菇装在一个新的点心盒里。夫人客气地道了谢，拿起盒子正要去隔壁房间时，大概是觉得很轻，就惊讶地问道：“这是什么点心呀？”在熟人面前，夫人有时会流露出这种天真的孩子气。

他们俩关切地问了很多关于父亲病情的问题。先生说道：“听你这么说，你父亲眼下应该还不要紧。不过，毕竟是有病在身，不能大意。”

关于肾病，先生比我了解得更多。

1　按日本风俗习惯，过年会在门前装饰松枝。

“这种病的特点是，自己得了病却又没发现，以为自己没事。我以前认识的一个军官就是这样死掉的，简直让人不敢相信。他死得很突然，睡在旁边的妻子甚至还来不及看护他。他半夜叫醒妻子，说有点难受，结果第二天一早就已经死掉了。他妻子还以为他睡着了呢。”

我本来还比较乐观，现在一听这话马上变得担心起来。

“我父亲也会这样吗？说不定也会这样吧。”

“医生怎么说的？”

“医生说肯定是治不好了，不过又说眼下暂时还不用担心。”

“既然医生这么说，那就不要紧。我刚才说的那个军官是一直没发现自己得了病，而且为人也比较鲁莽。”

我稍微放下心来。先生观察着我的表情变化，随即又补了一句：“不过，无论有没有生病，人都是很脆弱的。在什么时候、因为什么缘故、以什么方式死掉都有可能。”

“先生您也会想这种问题吗？”

“就算我身体再好，也难免会想一想吧。”先生的嘴角浮现出一丝微笑，“经常有人突然就死掉了呀——自然而然地，另外，也有人转瞬间就死掉——出于一种非自然的暴力。”

“‘非自然的暴力’是什么意思？”

“我也不太清楚。不过，自杀的人都是使用非自然的暴力吧？”

“那么，被杀的人也是死于非自然的暴力咯？”

“我倒是从没想过被杀的情况。你这么说，也算是吧。”

那天说到这里我就回去了。回去之后，我并没怎么为父亲的病感到担心。而先生所说的“自然死亡”“出于非自然暴力的死亡”，也只是给我留下了短暂而淡薄的印象，没有在我内心留下痕迹。我想起了之前好几次动手想写却又放下的毕业论文，现在必须要正式动笔了。

二十五

我预计在当年六月毕业，按规定必须在四月底之前完成这篇论文。二月、三月、四月……我屈指算了算剩下的时日，不禁怀疑自己有点太大胆了。其他同学早就开始收集资料、做笔记，看上去忙得不可开交，只有我还没开始动手。我只是下了决心：过年后要好好写。在这个决心的驱使下，我开始行动起来，可是很快就写不下去了。之前我凭空设想了一个很大的题目，以为论文框架已经大致成形，而此刻只能抱着脑袋开始发愁。后来我缩小了论文的题目。而且，为了省去系统性地提炼观点的麻烦，我决定只罗列书中的材料，然后再随便加上一些相应的结论。

我的选题与先生的专业比较接近。关于这个选题，我曾经征求过先生的意见，当时先生说可以。所以，在这狼狈之时，我就赶紧跑到先生家，询问应该看些什么参考书。先生爽快地把他所知道的知识全都告诉了我，还说要借给我两三本必读的参考书。不过，他根本就不打算指导我写论文。

“我近来没怎么看书，不了解新知识。你最好还是去请教学校的老师吧。”

这时，我突然想起夫人曾说过，先生有一段时期非常喜欢读书，可后来不知为什么没有之前那么感兴趣了。我不由得抛开了论文的事，开口问道：“先生您为什么不像原来那么喜欢读书了？”

“也没什么特别的原因……可能是因为我觉得，就算读再多书也不会有什么出息吧。另外……”

“另外，还有其他原因？”

“也不算什么原因。以前嘛，在大家面前或是被别人问到回答不上来的时候，就会无地自容，觉得是一种耻辱。不过，最近却渐渐觉得，无知好像也不是什么耻辱，所以也就打不起精神强迫自己去读书了。唉，说白了，就是老了。”

先生的语气比较平静，缺少厌世之人的那种苦涩感，所以我听了也没什么触动。我既不觉得他老了，也不赞赏他的这种态度。然后我就回去了。

从那之后，我简直变成了一个受尽论文折磨的精神病人，连眼睛都熬红了。我向一年前毕业的朋友打听各种情况。其中一个人说，他是在截止日那天坐车飞奔到学校办公室，才总算赶上了提交期限。另一个人则说，因为比截止时间五点迟了十五分钟才过去提交论文，险些被拒绝受理。幸亏主任教授仁慈，才总算收下了他的论文……我感到惶恐不安，同时又鼓起勇气，每天趴在书桌前写到筋疲力尽，要不然就是钻进昏暗的书库里，在高高的书架间四处张望。我的眼睛搜寻着那些书脊上的烫金字，就像收藏爱好者挖掘古董时一样。

随着梅花绽放，寒风渐渐转向了南方。又过了一段日子，关于樱花的花讯开始时有耳闻。然而，我却像一匹拉着车的马似的，被论文鞭策着向前奔跑，无暇旁顾。到四月下旬，我终于按时完成了论文。其间，我没有去登门拜访过先生。

二十六

我终于获得解脱时，已是初夏时节。八重樱凋谢的枝头，不知何时已经开始长出像烟霞一样朦胧的新绿。我仿佛小鸟出笼，一边眺望着广阔的天地，一边自由地振翅飞翔。我马上前往先生家。一路上，枳树篱笆黑乎乎的枝条上绽出嫩芽，石榴枯树上闪亮的褐色叶子柔和地映着阳光……我的目光被沿途风景吸引，仿佛生来第一次看见似的感到新奇。

先生看着我欣喜的神色，问道："论文已经完成了？不错啊。"我说："多亏您的帮忙，总算完成啦。现在没什么事做了。"

当时，我的心情无比畅快，觉得自己该做的事已经全部做完，接下来可以尽情玩耍了。我对自己完成的论文充满了信心和满足感，不停地在先生面前讲述论文的内容。先生却只是用一如往常的语调附和几句“没错”“是吗”，而没有多做评价。我有些失望，更有几分扫兴。尽管如此，那天我还是劲头十足，甚至尝试对先生的消极态度进行反击——我想邀请先生到万物转绿的大自然中走走。

“先生，出去散散步吧。到外面，心情会很畅快的。”

“去哪里？”

我觉得去哪里都无所谓，只是想带先生去郊外走一走。

一小时之后，我和先生如愿离开市区，在一片分不清是乡村还是城镇的僻静之地信步而行。我从光叶石楠篱笆上摘下一片柔软的嫩叶，做成叶笛吹起来。我有个朋友是鹿儿岛人，我经常模仿他吹叶笛，不知不觉就学会了，而且吹得很好。我得意洋洋地吹个不停，先生却像没听见似的，毫不理会地顾自往前走。

不一会儿，前面出现了一条小路，通往一座被茂密绿树环绕着的小高楼。门柱上钉着一块牌子，写着“某某园”，一看就知道不是私人住宅。先生望着缓坡上的入口，说道：“进去看看吗？”我马上回答说：“里面是苗圃吧！”

我们绕过树丛往里走，看见左边有一座房屋。纸拉门敞开着，里面空荡荡的，连个人影都没有。屋檐下倒是摆放着一个大鱼缸，金鱼在里面游动着。

“好安静啊。我们不打声招呼就闯进来，不要紧吗？”

“不要紧吧。”

我们又继续往里走，可是依然不见人影。杜鹃花像燃烧的火焰一样盛开着。先生指着其中一棵很高的红褐色杜鹃说道：“这棵是雾岛[1]吧？”

里面还种了一大片芍药，足有三十多平方米。不过，现在还没到季节，所以一株开花的都没有。芍药花圃旁边有一条很旧的长凳，先生伸开四肢躺在上面。我坐在空余的另一边抽烟。先生望着蔚蓝澄澈的天空，而我却被环绕四周的嫩叶的颜色所吸引。仔细一看，每片嫩叶的颜色都不一样。即使是同一棵枫树，树枝上的叶子颜色也都各不相同。先生随手扔在细小的杉树苗上的帽子，被一阵风吹落到地上。

二十七

我连忙捡起那顶帽子，用指尖弹掉沾在上面的红土，对先生说：“先生，帽子掉了。”

“谢谢。”

先生半支起身，接过帽子，随即就保持着这种半坐半卧的姿势，问了我一个奇怪的问题。

“冒昧地问一下，你家里有很多财产吗？”

“不算多。”

“大概有多少呢？——请别见怪。”

“怎么说呢……只有一些山林和田地，钱可就没有了。”

---

1 雾岛杜鹃，是杜鹃花的品种之一。

这还是先生第一次正儿八经地问起我家里的经济状况，而我却从来没问过他家境如何。其实，刚认识先生的时候我就曾经觉得奇怪，不知道先生为什么可以不出去工作。后来这个疑惑也一直挥之不去。但我一直没敢问，因为当面问这么赤裸裸的问题未免太冒失了。

我望着周围的嫩绿叶子，想休息一下疲劳的眼睛。这时，偶然想起了这个问题。

“先生您呢，有多少财产？”

“你看我像个大财主吗？”

先生平时衣着朴素，家里人又少，房子也不大。不过，他的家境应该很好——这点即便对我这个外人来说也是显而易见的。总之，先生的生活虽然不算奢侈，但也不至于过得拮据和节俭，应该还是比较宽裕的。

“是吧。”我说道。

“钱是有一些，但绝不是什么大财主。要是大财主的话，那肯定会盖一栋大些的房子嘛。”

先生已经坐起身，盘腿坐在长凳上。他说完，用竹手杖顶端在地面上画起圆圈来。画完，就把竹手杖笔直地插在地上。

“其实，我原来可是个财主哩。”

先生有点像在自言自语，所以我没有立刻接上话，在一旁默不作声。

“其实，我原来可是个财主哩。你知道吗？”先生又重复了一遍，随即看着我，露出微笑。可我还是没有回答。确切地说，是我嘴笨得回答不出来。这时，先生又换了个话题。

“你父亲的病后来怎么样了？”

过完年后，我就不太清楚父亲的病情了。每月和家里的汇款一起寄来的短信，虽然仍是父亲的笔迹，但信中几乎从没提到过他的病情。而且字迹也很工整，没有因为这种病人常见的手颤而影响到运笔。

“他们什么都没说，大概还行吧。”

“那就好。不过……毕竟是有病在身呀。”

“还是好不了吗？可现在暂时还过得去吧。他们什么也没说。”

“是吗？”

我当时以为，先生只是闲聊时随口问起我的家境和父亲的病情。其实，先生的话另有深意，他提出的这两个问题是密切相关的。我没有过先生那样的经历，当然意识不到这一点。

二十八

“我多管闲事地劝你一句，如果你家里有财产的话，应该趁现在就让你父亲处理妥当。趁你父亲还健在的时候，把自己的那份拿到手。万一有什么不测，最麻烦的就是财产问题了。”

“嗯。”

我并没有特别在意先生的话。我相信，家里没有一个人会为这个问题而担心，无论是我，还是我父母。而且，一向淡泊的先生竟然说出这么现实的话，也让我颇为惊讶。不过，出于对长辈的尊敬，我并没说什么。

“你父亲还健在，我就提醒你考虑其身后事，可能会让你觉得不愉快，请原谅。不过，人总是要死的。身体再好的人，也说不定什么时候就会死掉。”

先生的语气难得一见地令我感到不快。

“我根本不介意。”我辩解道。

“你有几个兄弟姐妹？”先生问道。

接着，先生还问了我家里一共有多少人，有没有亲戚，以及叔伯婶婶的情况。最后又问了这么一句：“他们都是好人吗？”

“好像没什么坏人，都是乡下人嘛。”

“乡下人凭什么就一定是好人呢？”

这追问使我有些狼狈。可是先生不容我慢慢思考就接着说道：“乡下人反而比城里人更坏呢。而且，你刚才说亲戚里好像没什么坏人——难道你以为世上会有一种人是叫作‘坏人’的吗？世上不可能有这种用模子铸出来的坏人呀。平时大家都是好人，至少都是普通人。可是，一到关键时候就会突然变成坏人，这点才是最可怕的。所以千万不能大意。”

说到这里，先生似乎并没有要打住话题的意思，而我也想开口说点什么。不料这时身后突然传来了狗叫声，我和先生都吓了一跳，回头望去。

长凳的侧后方种着杉树苗，杉树苗旁边生长着一片茂密的山白竹，大概遮住了十平方米地面。一只狗从山白竹上方探出脑袋和脊背，拼命吠叫着。这时，一个十岁左右的小孩跑过来，喝住了狗。小孩头上戴着一顶印有徽章的黑帽子。他绕到先生面前，行了个礼，然后问道："叔叔，你进来的时候屋里没人吗？"

"一个人也没有。"

"姐姐和妈妈在厨房里的呀。"

"噢，原来有人在呀。"

"嗯。叔叔，你刚才应该先打声招呼再进来的。"

先生苦笑了一下，随即从怀里掏出钱包，把一枚五分钱的白铜币塞到小孩手里。

"跟你妈妈说一声，让我们在这里歇一会儿。"

小孩点了点头，机灵的眼睛里充满了笑意。

"我现在可是侦察队长哦。"

说完，他就穿过杜鹃花丛往下边跑去。那只狗也卷起高高的尾巴，紧追而去。过不一会儿，又冒出两三个年龄相仿的小孩，他们也朝着侦察队长的方向跑去。

二十九

先生的话被狗和小孩打断了，没有说完。所以我也听得不得要领。先生所担心的财产之类的问题，我当时一点也没放在心上。无论从我的性格还是境遇来说，那时的我都不可能为这些利益关系而感到烦恼。仔细一想，这大概是因为我尚未步入社会，或者是因为我还没有真的面临这些问题的缘故吧。总之，在我这个年轻人眼中，钱的问题似乎距离自己很遥远。

先生所说的这番话里，只有一句话是我想继续问个究竟的——“一到关键时候，谁都会变成坏人”。光从字面来看，也不是很难理解，我只是想了解得更多一些。

狗和小孩跑开之后，绿叶繁茂的宽敞的苗圃里又恢复了原来的安静。我仿佛被沉默笼罩住似的，半天没动一下。这时，晴朗的天空逐渐失去光辉。眼前的树大都是枫树，树枝上新长出的青翠欲滴的嫩叶似乎逐渐变得黯淡下来。远处街上传来拉板车的咕噜声响——我猜想大概是村里人载着盆栽花木之类的货物去赶庙会。先生一听到这声音，仿佛突然从冥想中回过神来似的，立刻站起身来。

“差不多该回去了吧。虽然白天是变长了，可是整天这么游手好闲的，不知不觉天就黑啦。”

先生的后背沾满了刚才躺在长凳上的灰尘，我用双手帮他拍掉了。

“谢谢。没沾到油烟吧？”

“都拍干净了。”

“这件外褂是最近新做的，如果弄脏了的话，回去要被妻子骂的。谢谢你。”

我们又走回到缓坡途中的那座房屋前。刚才我们进去时见不着一个人影，此时却看见女主人和一个十五六岁的女孩子正坐在檐廊，把线缠绕到线轴上。我们隔着大金鱼缸打了声招呼："打扰你们了。"女主人回礼道："哪里，怠慢二位了。"然后又为刚才小孩收到白铜币而道了谢。

出门走了两三百米后，我终于忍不住开口问道："先生您刚才说：'一到关键时候，无论谁都会变成坏人。'这是什么意思呢？"

"这个嘛，其实也没什么深层的意思……总之，我说的是事实，不是什么大道理。"

"事实也没关系。我想问的是，所谓的'关键时候'是什么意思。到底是指什么情况呢？"

先生笑了起来，似乎表示说：现在已经过了时机，自己没有兴致再谈了。

"就是钱的问题呀，你知道吗？一见到钱，无论什么正人君子都会马上变成坏人的。"

在我看来，先生的回答过于平庸而无聊。就像先生提不起兴致一样，我也觉得十分扫兴。我若无其事地快步往前走。先生自然有点跟不上了，就在后面叫唤着："喂！喂！"

"唉，你看你。"

"我怎么了？"

我回头问道，同时停下脚步等他。

"你的情绪呀，听我这么一回答就闹别扭。"

先生看着我的脸说道。

三十

当时，我心里有点怨恨先生。等他跟上来一起并肩行走之后，我虽然有话想问，但却故意忍着不开口。不知道先生有没有留意到，反正他还是一脸若无其事的样子，像往常一样默默地迈着从容的脚步往前走。我有点生气了，想说点什么来刺激一下他。

“先生。”

“什么事？”

“先生您刚才有点激动呀，就是刚才在苗圃园里休息的时候。我难得见到您激动的样子，今天可算是大开眼界了。”

先生没有回答。我感觉这句话似乎奏效了，又似乎落空了。无奈之下，我也只得打住了话头。这时，先生突然走向路边，在修剪得整整齐齐的篱笆下，卷起衣服下摆开始小便。其间，我茫然地站在旁边。

“哎呀，失礼了。”

先生说着，又开始往前走。我终于放弃了要刺激先生的念头。我们行走的道路逐渐变得热闹起来。左右两边出现了一排排房屋，遮挡住了刚才隐约可见的宽敞的坡田和平地。不过，在各处宅院的角落里，还能看见宁静的田园风光——豌豆藤缠绕在竹架上，铁丝网里圈养着鸡……从城里拉货回来的驮马不断地和我们擦身而过。我被这些景象吸引了，早把刚才堵在心里的疙瘩给抛开了。就在我已经忘掉时，先生突然又回到了这个话题。

“我刚才真的那么激动吗？”

“也不算太过分，只是有一点……”

“唉，你直说也没关系。我确实是激动了。我一提到财产的事就难免要激动。不知道你怎么看我，其实我是个非常爱记仇的人。曾经受过的屈辱和伤害，就算过十年、二十年也不会忘记。”

先生比刚才更激动了。不过，使我感到惊讶的，并不是他的语气，而是他向我倾诉的话语本身的含意。我无论如何也没想到，会从先生口中听到这样的自白。我甚至从来没想过，先生竟然具有如此固执的性格特点。我一直以为他是个柔弱的人，并把我的思慕之情寄托在他那柔弱而清高的气质里。我刚才因为意气用事想刺激一下他，可此刻听到这番话时，我却被吓住了。先生继续说道：

“我被人欺骗过，而且是被有血缘关系的亲戚欺骗的。我绝不会忘记。他们在我父亲面前装得像好人似的，可是等我父亲一死，他们就立刻变成了不可饶恕的不义之徒。我从小就受到他们的羞辱和伤害，而且一直背负到今天，恐怕要这么背负一辈子吧。因为我到死也不会忘记的。可我还一直没有去报复他们。仔细一想，其实我的所作所为已经超出了对个人的仇恨——我不仅憎恨他们，而且还憎恨他们所代表的‘人类’。我觉得这样就已经足够了。”

我甚至连一句安慰的话也说不出来。

三十一

那天的谈话就此打住，没有再往下说。因为我被先生的态度吓住了，无意再继续追问。

我们从市郊坐上电车，在车上几乎没有说话。下车后很快就要分道扬镳。道别时，先生的态度又有些不同寻常，语气显得比平时更快活：“从现在到六月是最悠闲的，说不定是你一生当中最悠闲的时期呢。好好地玩个痛快吧。”我笑着摘下帽子，看着先生的脸，心里不由感到疑惑：先生内心深处真的憎恨所有的人吗？从他的眼睛、他的嘴巴上，根本看不到一丝厌世的痕迹。

坦白地说，在思想方面的问题上，我从先生那里得到了很多启发。然而，当我想就同一个问题获得更多启发时，却往往无功而返。先生的话有时会让人不得要领，然后就不了了之。那天我们在郊外的谈话即是其中一例，我记得很清楚。

有一天，我终于直言不讳地向先生指出这一点。先生笑了。我是这么说的：“如果是因为我脑子笨而听不懂，那倒也罢了。可我脑子明明清楚得很，你却不肯明说，这不是故意为难我吗？”

“我没有隐瞒什么呀。”

“您隐瞒了。”

“你大概是把我的思想、见解和我过去的经历混为一谈了吧。我虽然是个浅薄的思想家，但对于自己总结出来的想法，我并不会藏着掖着。因为没有那个必要。不过，至于是不是非要我把过去的经历全都告诉你呢，那就是另一个问题了。”

“我不认为是另一个问题。您的思想来自过去的经历，所以我才格外重视。如果把这两者割裂开来的话，对我就几乎毫无价值了。你只给我一个没有注入灵魂的玩偶，我又怎么会满足呢？”

先生惊讶地看着我的脸，拿着烟卷儿的那只手稍有些颤抖。

“你很勇敢。”

“我只是认真而已。我想认真地从人生获得教训。”

“就算揭穿我的底细也在所不惜吗？”

“揭穿”这个词十分刺耳，而且听起来有些可怕。我仿佛觉得，此刻坐在自己面前的是一个罪人，而不是平时那位可敬的先生。先生脸色苍白。

“你真是认真的吗？”先生追问道，“我是因为过去的遭遇才不相信人的。所以，我其实也不相信你。可是我又实在不想怀疑你。你太单纯了，让人没法怀疑。我希望自己在死之前可以找到值得相信的人，哪怕只有一个人也好。——你能成为这个唯一的人吗？你愿意成为这个人吗？你的认真是发自内心的吗？”

“如果我的生命是真实的，那么我刚才所说也是认真的。”

我的声音在颤抖。

“好。”先生说道，“那就告诉你吧。我会把我过去的经历全都告诉你，不过……算了，无所谓。但我过去的经历也许对你没什么用，也许不听为好。而且……现在暂时还不能说，请你理解。没到合适的时机，我是不会说的。”

回到住处之后，我仍然有一种压抑感。

三十二

我自视甚高的那篇论文并没有得到教授的好评。尽管如此，还是如愿通过了。毕业典礼那天，我从箱子里翻出那件散发着霉味的旧冬装穿上。在会场排队时，每个人脸上都显得酷热难耐。我的身体被不透气的厚呢绒紧紧裹着，热得受不了。站了一会儿，我手里攥着的手帕就湿透了。

毕业典礼结束后，我就马上回到住处，脱光衣服。我打开二楼的窗口，把毕业证书卷成一个望远镜，从圆孔中尽情眺望外面的世界。然后，把那张毕业证书扔到桌上，四脚朝天地躺在屋子中间。我一边躺着，一边回顾自己的过去，又想象自己的未来。于是，这张象征着过去与未来分界线的毕业证书，就成了一张奇怪的纸，感觉似乎很有意义，又似乎毫无意义。

当天晚上，我应邀到先生家吃晚饭。这是我们之前就约好的——毕业那天不去别处吃晚饭，而在先生家里吃。

按之前所说，餐桌摆在客厅靠近檐廊的位置。浆得挺括的厚厚的挑花桌布，在灯光照射下显得美丽而整洁。每次在先生家吃饭，碗筷一定会摆放在这张带有西餐厅氛围的白色亚麻桌布上。而且桌布一定是刚洗过的、洁白无瑕的。

“这跟衣领和袖口一样，如果不能保持洁净，倒不如一开始就用带颜色的。既然用白色的，就必须保持洁白。”

这么说来，先生确实是有洁癖的，书房也收拾得整整齐齐。对一向不修边幅的我来说，先生的这个习惯格外显眼。

我曾经对夫人说："先生有洁癖吧。"夫人回答说："在穿着方面，他倒是不太讲究的。"先生在旁边听了这话，笑着说道："其实，我是有精神洁癖，所以一直很苦恼。仔细一想，这个性格实在是太愚蠢了。"至于他所说的"精神洁癖"，是指一般意义上的"神经质"还是指"伦理上的洁癖"，我就不知道了。夫人好像也不太清楚。

当天晚上，我和先生面对面地坐在那张白色桌布前。夫人安排我们一左一右入座，她自己则坐在正对着院子的座位上。

"祝贺你。"先生为我举起酒杯。对于这杯酒，我并没感到那么欣喜。当然，其中一个原因，是我自己内心并没有那么欢欣雀跃，无法对先生的祝贺产生共鸣。但更重要的是，先生说话的语气没有丝毫兴奋之感，很难引起我的兴致。先生笑着举起酒杯。从他的笑容里，我看不到一丝恶意的嘲讽，同时也感觉不到祝贺的真情。先生的笑容仿佛在告诉我："在这种场合下，通常是要表示一下祝贺的吧。"

夫人对我说："太好了。你父母一定会很高兴的。"

我突然想起病中的父亲，真想赶快把毕业证书拿回去给他看看。

"先生，您的毕业证书还保留着吧？"我问道。

"这个嘛……可能还放在什么地方吧？"先生问夫人。

"嗯，应该还在的。"

他们俩都不记得毕业证书放在哪里了。

三十三

吃饭时，夫人让坐在旁边的女佣到隔壁去，而亲自为我们盛饭。这似乎是先生家招待非正式客人的习惯。头一两次我还有些拘谨，但后来习以为常，我也就自然而然地把饭碗递给夫人了。

“要茶？还要添饭呀？你很能吃嘛。”

夫人有时也会随口说句玩笑话。不过，因为时值炎夏，那天我的胃口并不像夫人调侃的那样好。

“这就吃饱了？你最近的饭量变小了嘛。”

“不是饭量变小，而是因为天气太热，吃不下了。”

夫人叫女佣收拾好餐桌，然后让她把冰激凌和水果端上来。

“这是自己在家做的。”

看来，夫人在家没事，还是有空做些冰激凌招待客人的。我一连吃了三杯。

“你总算毕业了，今后打算做什么呢？”先生问道。他把坐垫朝檐廊方向挪动了半边，背靠在客厅拉门上。

我只知道自己毕业了，但对于今后要做什么却一片茫然。夫人见我回答不出来，就问道：“当老师？”见我仍没回答，又接着问：“要不，就是想当官？”我和先生都笑了起来。

“说实话，我还没想好要做什么。关于职业的问题，我甚至从来没考虑过。究竟哪种职业好，哪种职业不好，一定要自己实际做过才知道。所以我现在也没法选择。”

“那倒也是。不过，你毕竟是因为家里有钱才说得这么轻松。你瞧瞧那些穷人家的孩子，就没法像你这么淡定了。”

在我的朋友当中，有人还没毕业就开始寻找中学老师的工作了。我心里认同了夫人的话，但嘴上却说：“我可能是学到一点先生的做派吧。”

“你可别学坏了哟。”

先生苦笑着说道：

“你要学也可以，但一定要记住我上次说过的话，趁你父亲还健在的时候，把应得的那份财产拿到手。没拿到手，就千万不能大意。”

我回想起五月初杜鹃花盛开的那天，我和先生曾在郊外苗圃那宽敞的庭院里谈过话。此刻，我耳边又回响起那天回家途中先生语气激动地向我诉说的那番激昂的话——与其说是激昂，不如说是可怕。但对于不明就里的我来说，那番话又似乎没头没尾。

“夫人，您家里有很多财产吗？”

“你为什么这么问呢？”

“我问过先生，他不肯告诉我呀。”

夫人笑着看了看先生。

“因为没有多少，所以才不值得说吧。”

“大概需要有多少财产，才能像先生这样悠闲度日呢？请告诉我，我到时回去跟父亲谈判时也能做个参考。”

先生面向院子，若无其事地抽着烟。这个问题自然只能由夫人来回答了。

“也没有多少财产呀。唉，我们也只是这样将就着过日子罢了……其实，这个倒是无所谓的，关键是你今后真的要做点事情才行，可别像先生那样整天无所事事……”

“我可没有无所事事哟。”

先生稍微转过脸来，否定了夫人的话。

三十四

那天晚上，我十点多才离开先生家。因为再过两三天就要回老家，所以我在离席之前说了几句道别的话。

“接下来一段时间，我又不能来看望你们了。”

“九月份会回来吧？”

我已经毕业了，所以九月份也不一定非要回来不可。当然，我也没想过要在东京度过盛夏八月。对我而言，并没有所谓的“求职黄金期”。

“嗯，大概要到九月份。”

“那就祝你一切顺利啦。这个夏天我们说不定也要出去度假，天气太热了。到时去了再给你寄张明信片吧。”

“打算去哪里呢？如果去的话。”

先生微笑着，听着我和夫人的交谈。

“唉，去不去都还没决定呢。”

我正要起身时，先生突然拉住我问道："对了，你父亲的病怎么样了？"其实，我对父亲的病情几乎一无所知。我想，既然家里什么都没说，大概就不要紧吧。

"这种病可不能掉以轻心呀。要是变成尿毒症，那就没救了。"

我没听过"尿毒症"这个词，也不知道是什么意思。上次寒假在家里和医生见面时，并没有听他说过这个术语。

"请好好照顾你父亲吧。"夫人也说道，"一旦毒性蔓延到脑部就完啦。我跟你说，这可不是闹着玩的。"

毫无经验的我虽然感到有些可怕，但还是微笑着。

"反正是不治之症，担心也没有用呀。"

"既然你这么想得开，那就没什么好说的了。"

夫人语气低沉地说完，随即低下头，大概是想起了以前因患同样病症而去世的母亲吧。我也不由得为自己父亲的命运感到同情。

这时，先生突然对夫人说："阿静，你会比我先死吗？"

"为什么这么问？"

"也没为什么，只是随便问问。又或许，我比你先走也说不定。世上大多是丈夫比妻子先走，这好像成了理所当然似的。"

"也不一定吧。不过，丈夫一般都要比妻子年长一些嘛。"

"所以才会先死呀。这么说来，我也肯定要比你先去另一个世界的。"

"你是例外吧。"

“是吗？”

“你身体这么好，几乎从来没生过病。所以，肯定是我先走呀。”

“你先？”

“嗯，肯定是我先。”

先生看了看我。我笑了。

“可是，如果我先走的话，你怎么办呢？”

“怎么办……”

夫人一时语塞，大概是被想象中失去丈夫的悲哀刺痛了内心吧。不过，当她抬起头时，情绪已经恢复了正常。

“怎么办？没有办法呗，你说是吧？俗话说‘黄泉路上无老少’嘛。”

夫人故意看着我，开玩笑似的说道。

三十五

我刚要起身，随即又坐下来，暂且听他俩把话说完。

“你觉得呢？”先生问我。

先生和夫人谁先走的问题，当然不该由我来判断。我只好笑着说：“命数这东西，我也不知道呀。”

“这真的是要看命数的。人一生下来就注定了能活多少岁数，谁都无法改变。我跟你说，先生的父亲和母亲就差不多是同时去世的。”

“是同一天去世吗？”

“同一天倒不至于，但也差不多吧。他们是相继去世的。”

这个情况我还是第一次听说。我觉得有些不可思议。

“为什么同时去世了呢？”

夫人正要回答，却被先生打断了。

“别说这些了，没意思。”

先生故意把手中的团扇摇得吧嗒吧嗒作响，随即回头看看夫人。

“阿静，我要是死了，就把这座房子给你吧。”

夫人笑了起来。

“顺便把地皮也给我。”

“地皮是人家的，没办法。只要是我的东西，全都给你。”

“谢谢。不过，那些英文书我要了也没用啊。”

“可以卖给旧书店嘛。”

“卖了能值多少钱？”

先生没说值多少钱。但他的话题一直没离开“死”这个遥远的问题。而且，他还设想自己一定会比夫人先死。夫人一开始似乎还故意回答些幼稚的话，可不知不觉地，多愁善感的女人心肠就变得沉重起来。

“‘我要是死了’‘我要是死了’，你到底要说多少遍呀？求求你别再说‘我要是死了’。真不吉利。你要是死了，一切都按你的意思办，这样行了吧？”

先生望着院子笑了，之后就没再说令夫人反感的话。我见时间已晚，当即起身告辞。先生和夫人把我送到门口。

“好好照顾病人。”夫人说道。

“九月份再见。”先生说道。

道别之后，我走向门外。从门口到大门之间有一棵茂盛的桂花树，在黑夜里伸出枝杈，仿佛要挡住我的去路。我走了两三步，看着被黑魆魆的叶子覆盖的树梢，想象着今年秋天将会盛开的花朵散发着芬芳。在我内心的记忆里，先生家和这棵桂花树一直就是连在一起、不可分割的。当我偶然站在这棵树前，想象着今年秋天将会再次迈进这个门口时，刚才从格子门照射出来的灯光突然熄灭了。——先生和夫人好像回屋里去了。我独自走到漆黑的大门外。

我并没有马上回住处。因为临行前还有些东西要买，而且也得让填满了美食的胃部慢慢消化一下，所以我就向着热闹的大街信步而行。街上似乎才刚入夜，络绎不绝的男男女女正到处闲逛。半路上，我碰到一个今天跟我一起毕业的同学，被他不由分说地拉进一家酒馆，听他海吹神聊。他那股兴奋劲儿，就像泛起的啤酒沫一样。回到住处时，已经十二点多了。

三十六

第二天，我冒着酷暑到处去采购别人托我买的东西。收到委托信时觉得无所谓，可一旦买起来，才发现很麻烦。我在电车里一边擦着汗，一边生闷气：这些乡下人从没想过会浪费别人的时间和劳力，简直太可恶了。

我不想虚度这个夏天，所以事先制订了回老家之后的计划。为了实施计划，必须购买一些必要的书。我打算花半天时间在丸善书店[1]的二楼找书。我站在和自己专业相关的书架前，从头到尾一本一本地挑选。

在需要采购的物品中，最让我发愁的是女人的和服衬领。跟店里的伙计一说，他立刻拿出很多种不同的款式来。我犹豫不决，不知道要买哪个好。而且价格也没个准——我以为便宜的，一问却很贵；我以为很贵而没敢问的，其实却很便宜。有些款式，我无论怎么比较也看不出它们的价格为什么相差这么远。我一时不知所措，心中暗自后悔没请先生的夫人帮忙。

我买了一个皮箱，当然只是国产的下等货。不过，单是那些闪闪发亮的金属扣环就足以镇住乡下人。这个皮箱是母亲让我买的。她在信上特意叮嘱说："毕业时买一个新皮箱，把所有礼物特产都装在里面带回来。"我看到这句话时不由笑了起来。我并非不明白母亲的用意，而是觉得这句话有一种滑稽感。

1　创立于明治初期的一家百年老店，总店位于东京市中央区日本桥。在梶井基次郎的短篇小说《柠檬》中也有出现。——编者注正如跟先生夫妇道别时所说，三天后我就乘火车离开东京回老家了。去年冬天以来，先生曾多次提醒我留意父亲的病情，按说我应该是最担心的。可不知为什么，我却没有什么负担感。相反，我倒是经常想象着，父亲去世后母亲会很可怜。想必我内心已经把父亲当作一个将死之人了。我还写信给远在九州的哥哥说："父亲的病没有康复的希望了。我知道你工作很忙，但还是尽可能抽时间在今年夏天回来见上一面吧。"我甚至还写了几句煽情的话："老两口住在乡下，真叫人放心不下。我们做儿子的没有尽到孝道。"我写的确实是当时的心里话。可是写过之后，心情又不一样了。

我在火车上揣摩着自己的矛盾心理，渐渐觉得自己是个反复无常的肤浅之人，不免有些郁闷。我又想起先生夫妇，特别是两三天前请我吃晚饭时的那番对话。

"谁先死呢？"

我喃喃自语，回想着先生和夫人那天晚上讨论过的问题。对于这个问题，谁都没有把握回答。不过，即使知道谁先死，先生又能怎么样呢？夫人又能怎么样呢？他们也只能以同样的态度继续活着吧——就像我知道父亲死期将至但却无可奈何一样。我领悟到，人是多么虚幻无常，人与生俱来的这种无助感是多么虚幻无常。

【中】父母和我

一

回到家里，让我觉得意外的是，父亲的健康状况竟然跟上次见到时差不多。

“噢，你回来啦。哎呀，你总算毕业啦，太好了。你等一下，我先去洗把脸。”

正在院子里干活的父亲一边说着，一边走向有水井的后院。他头上戴着旧草帽，系在草帽后面那条脏兮兮的遮阳手帕轻轻飘动着。

我本来觉得，从学校毕业是一个普通人理所当然的事，没想到父亲竟然这么高兴。这让我觉得有些惭愧。

“哎呀，你总算毕业啦，太好了。”

父亲反复念叨了好几遍。看着父亲的欣喜之色，我想起了毕业那天晚上先生在餐桌前对我说“祝贺你”时的表情，并将两者进行比较。在我看来，嘴上祝贺而心里不以为然的先生，反而要比小题大做地感到高兴的父亲更为高尚。最后，我甚至对父亲那种愚昧无知的乡土味产生了反感。

“大学毕业也没什么了不起的，每年有好几百人毕业呢。”

我忍不住说了这么一句。父亲的脸色顿时阴沉下来。

“倒不是说毕业了有多了不起。毕业当然是好事，但我说的还有另一层意思。你要是能稍微明白的话……”

我想继续往下听，但父亲却似乎不太想说。最后，他说了这么一番话：“总之，我觉得很欣慰。你也知道，我身体有病。去年冬天见到你的时候，我以为自己只能活三四个月了。想不到这么幸运，还一直活到今天，日常起居也能自理。正好这时你又毕业了，当然值得高兴。对于父母来说，能活着看见自己辛苦养大的儿子大学毕业，难道不是比死后儿子才毕业更值得高兴吗？你有远大的理想，可能会觉得大学毕业没什么了不起的，不值得这么夸个没完。可是，如果你站在我的角度来看，就不一样啦。总之，毕业值得高兴，是对我来说，而不是对你来说。你明白吗？”

我无言以对地低下了头，心里十分内疚，甚至不知该如何道歉。父亲似乎已经平静地做好了死的思想准备，而且还断定会在我毕业之前死去。我太糊涂了，竟然从没想过大学毕业会成为父亲的精神慰藉。我从皮箱里取出毕业证书，郑重其事地递给父母看。毕业证书已经被压得变形。父亲小心地把它抚平。

“这种东西应该卷起来、拿在手里带回来的。”

“卷起来，最好中间再塞根轴芯之类的东西。”母亲也在一旁提醒道。

父亲端详了好一会儿，然后起身走到壁龛前，把这张毕业证书摆在正中间最醒目的位置。要是在往常，我肯定会嘀咕几句，但此刻我却跟平时完全不同，对父母没有丝毫违抗之意，默默地任由父亲处置。那张用上等日本纸制作的毕业证书有些变形，总不听父亲使唤。刚摆在合适的位置，又马上顺势倒下来。

二

我把母亲叫到一边，询问父亲的病情。

“父亲那么卖力地到院子里干活，身体吃得消吗？”

“好像没什么事。大概快好了吧。”

没想到母亲竟然这么满不在乎。作为一个生活在远离城市的山林和农田间的乡下女人，母亲显然缺乏这方面的常识。可是上次父亲晕倒的时候，她又那么惊慌、那么担心……我心里有一种异样的感觉。

“可上次医生不是说治不好了吗？”

“所以，我觉得再没有比人的身体更神奇的了。医生当初说得那么严重，可现在身体竟然还好好的。我一开始也挺担心，想尽量让他少动。不过，你也知道他的脾气。休养倒是在休养，但就是一副倔脾气，老觉得自己病好了，不肯听我的话。”

我不由想起上次回家时，父亲非要收拾铺盖下地刮胡子的情形。“我早就没事了。你母亲老是大惊小怪的，真不像话。”

我一想起父亲当时说的话，就觉得不应该完全责怪母亲。我本来想对母亲说："还是需要稍微提醒一下的。"但又觉得不妥，于是就咽了回去，只是把我所了解的有关父亲病症的知识告诉了母亲——其实，大多数都是从先生和夫人那里听说的。母亲并没有什么特别的感触，只是问我："噢，得了同一种病呀，真可怜。她老人家去世时多大年纪？"

无奈之下，我只得撇下母亲，直接跟父亲说。父亲听得比母亲认真，听完还说："没错，你说得有道理。不过，自己毕竟最了解自己的身体，凭着多年经验，我知道自己应该怎么调养身体。"母亲听了苦笑道："你瞧瞧。"

"你别看父亲嘴上这么说，其实他心里已经认命了。正因为这样，这次见我毕业回来才这么高兴。他本来以为熬不到我毕业了，结果竟然能看见我拿着毕业证书回来，所以特别高兴——这是父亲自己亲口说的。"

"唉，你不知道，他只是嘴上这么说而已，其实心里觉得自己没什么事呢。"

"是吗？"

"他觉得自己还能活上十年、二十年。不过，有时又会说些让人担心的话，说什么：'看这样子我也活不了多久了。我要是死了，你怎么办？还打算一个人住在这里吗？'"

我眼前立刻浮现出这样的情景——父亲去世后，这座陈旧而宽敞的农舍里只剩下母亲一个人……父亲离去后，这个家还能这样维持下去吗？哥哥会怎么办？母亲会怎么说呢？而我有了这份牵挂，还能离开这片故土、在东京逍遥自在地生活吗？看着眼前的母亲，我偶然想起了先生的嘱咐：趁父亲还健在的时候，把自己应得的那份拿到手。

“哎呀，老是说自己要死的人都不会死的，你放心好了。你父亲老是说自己要死，其实还能再活上好多年。相反，那些身体健康却不吭声的人才更危险呢。”

我默默地听着母亲的这番歪论，也不知道她是根据什么理论还是通过什么数据推导出来的。

三

父母亲在商量着煮红豆饭请客[1]。我在回家当天就猜想到他们要这么做，心里一直暗自担心。我立刻表示反对。

“不用这么讲排场吧。”

我很讨厌那些来赴宴的乡下人。他们都是些喜欢凑热闹的家伙，说到底就是为了吃吃喝喝而来。我从小就很厌恶侍候他们吃饭，更何况这次是为了给我庆贺，这让我觉得更加痛苦不堪。然而，当着父母的面，我又不好直说“别叫那些粗俗的人来瞎折腾”，而只是说“不用这么讲排场”。

“你老是说讲排场、讲排场的，其实这哪里算讲排场呀。一

1 在日本，遇到喜庆之事时有吃红豆饭的风俗习惯。

辈子就这么一次，当然要请客的。你不用顾虑太多。”

母亲似乎把大学毕业看得和娶媳妇一样重要了。

“本来不请也行，可是不请又怕别人说闲话。”

父亲开口了。他最怕别人在背后说闲话。而在现实中，那些人也确实如此，一有什么不如意的地方，就会立刻说三道四。

“乡下可不比东京，闲话多着呢。”父亲说道。

“而且还关系到你父亲的面子。”母亲又补充了一句。

我也没法再固执己见了，心想：你们爱怎么办就怎么办吧。

“总之，我的意思是这样：如果是为了我，就别办了，但如果是怕别人在背后说闲话，那倒另当别论。对你们不利的事情，我也不是说非要坚持不可。”

“你这么强词夺理就没意思了。”父亲沉下脸来。

“你父亲倒没说是为了你而请客，但你也该懂得一点人情世故吧。”

母亲毕竟是个女人家，一到这种时候就会东拉西扯地说个没完。如果单论话语多少，我和父亲加起来也比不过她。

“念过书的人，老是动不动就强词夺理的，真不像话。”

父亲只说了这么一句。然而，从这句简单的话里，我却听出了他一直以来对我的不满。当时我还没意识到自己说话太冲，而只是觉得父亲不讲道理。

当天晚上，父亲又改变了态度，问我请客安排在哪一天合适。其实，我每天都无所事事地待在这座老房子里，无所谓时间合不合适的。父亲还来问我，自然意味着向我妥协了。见父亲这么诚恳，我也就不再固执己见。我们商量之后，决定了请客的日期。

还没等到请客那天，就发生了一件大事——明治天皇[1]患病的消息通过报纸传遍了整个日本。于是，一户农家几经周折才终于决定下来的毕业庆祝宴会，就像灰尘一样被吹走了。

“唉，还是别太张扬吧。”

父亲戴着眼镜一边看报纸一边说道。然后沉默不语，大概是想起了自己的病情吧。我则回想起，不久前天皇陛下按往年惯例莅临我们大学毕业典礼的情形。

四

这么大的老房子里只住着三个人，显得格外冷清。我打开行李，把书拿出来读。不知为什么，我总觉得有点心神不定。以前在令人眼花缭乱的东京时，坐在出租屋二楼上，听着远处传来的电车声响，一页一页地翻书，反而读得很起劲，心情也十分舒畅。

我常常倚靠着桌子打瞌睡，有时还特意拿出枕头，正儿八经地睡个午觉。醒来时又听到蝉声。仿佛从梦中传来的蝉声突然

1　日本第122代天皇（1867年—1912年在位），继位后不久日本各地爆发了针对大将军德川庆喜的大规模讨伐行动。随后德川幕府被彻底推翻，结束了幕府将军在日本大约680年的摄政统治，政权回到天皇手上，史称“大政奉还”。其后天皇改元为明治，并颁布了一系列重大复兴举措，推动了日本的现代化，实现了国力的飞速发展，史称“明治维新”。——编者注

变得聒噪刺耳。我默默地听着，时而感到有些悲凉。

我拿起笔，给几个朋友写了简短的明信片或长信。这些朋友有的留在东京，有的回到遥远的故乡，有的给我回信，有的则音讯全无。当然，我不会忘记先生。我把自己回乡下后的情况用小字写了整整三页稿纸，寄给先生。封信口时，我有点担心先生是否还在东京。按往常的惯例，先生和夫人一起外出时，总会有一个五十岁左右留着短发的女人给他们看家。我曾问过先生她是什么人，先生却反问说："你看她像什么人呢？"我起初以为是先生的亲戚。先生却说："我没有亲戚哟。"先生和他老家的亲戚从来没有书信来往。那位给他们看门的女人，其实是夫人那边的亲戚，和先生并没有亲缘关系。我给先生寄信时，脑海里忽然闪现出那个女人随意把细腰带扎在背后的身影。如果这封信在先生夫妇外出避暑之后才寄到的话，这位短发阿婆会不会热心而机智地把信立刻转寄给先生呢？当然，我也知道这封信里并没写什么重要的事。我只是觉得寂寞，盼着先生给我回信。然而，最终却没有收到先生的回信。

父亲不像去年冬天我回家时那么喜欢下将棋了。棋盘搁在壁龛的角落里，上面积满灰尘。特别是天皇陛下患病之后，父亲似乎经常陷入沉思。他每天都等着报纸送来，然后抢着第一个看。看完还特意把报纸拿到我房间来。

"喂，你看，今天也有关于天子陛下的详细报道。"

父亲总是把天皇称为"天子陛下"。

"说句冒昧的话，天子陛下的病好像跟我的差不多吧。"

父亲说这话时，脸上笼罩着忧虑的阴云。我听了这话，心里掠过一丝不安，担心父亲随时会病倒。

“不过，应该没事吧。连我这种小人物都还活得好好的。”

父亲表面上对自己的健康表示乐观，但内心似乎也预感到了即将来临的危险。

“父亲其实很担心自己的病情呀，并不像你说的那样觉得自己还能活上十年、二十年。”

我对母亲说道。母亲听了，脸上露出了困惑的神情。

“你邀他下下棋吧。”

我从壁龛里取下棋盘，擦掉上面的灰尘。

五

父亲的精神越来越差了。曾经使我眼前一亮的那顶系着手帕的旧草帽，自然也被搁置起来，放在熏黑的架子上。每当我看着它，就觉得父亲很可怜。父亲像以前那样随意活动时，我总是感到担心，劝他小心一点；一旦他坐着不动，我又觉得还是多活动一下为好。我常常跟母亲谈起父亲的病情。

“都是心理作用。”母亲说道。她把天皇陛下的病和父亲的病扯到一块儿了。我却不以为然。

“不是心理作用，而是身体变差的问题。我觉得，心情方面还不要紧，主要是病情变严重了。”

我这么说着，心里在考虑要不要再从外地请名医来看一下。

“今年夏天你也过得很没劲吧。好不容易毕业了却没能庆祝一下，你父亲的身体这么差，又赶上天子陛下患病了……早知这样，倒不如你一回来就马上请客呢。”

我是在七月五六号回到家的。过了一个星期后，父母提出要为我举行毕业庆祝宴会。几经周折才终于把宴会日期定为再过一个多星期后举行。乡下的生活逍遥自在，缺乏时间观念。多亏如此，我才得以逃过一劫，避免了这次令我深恶痛绝的社交活动。然而，对我不太了解的母亲却丝毫没有意识到这一点。

天皇驾崩的消息在报纸上刊登出来了。父亲拿着报纸，“唉呀，唉呀”地连声叹气。

“唉呀，唉呀，天子陛下到底还是驾崩了。我也……”

父亲把后半句咽了回去。

我上街买来黑纱布，用它包住旗杆顶端的圆球，并裁了一条三寸宽的飘带系在旗杆顶部，然后把旗杆从门边斜插着伸向街道。旗子和黑飘带在没有风的空气里静静低垂着。我家旧门顶上铺着稻草。那些稻草经过风吹雨打早就变成浅灰色，甚至还能看到一处处凹凸不平的地方。我独自走到门外，望着那条黑飘带和旗子——毛纱布白底上印着红色的太阳。在脏兮兮的稻草屋顶的映衬下，它们显得格外醒目。我想起先生曾这样问过我：“你家房子是什么样子的？跟我老家那边的风格很不一样吧？”我很想让先生看看我出生的这座旧房子，但又觉得有些难为情。

我又独自走进屋里，来到自己的书桌旁，一边看报纸，一边想象着遥远的东京的景况。我想象着，这座日本最大的城市是在怎样的黑暗中怎样地运转。这座不得不在黑暗中运转的城市的不安和喧嚣之中，先生家犹如一点灯火浮现在我眼前。此时，我并没有意识到，这点灯火已经自然而然地被卷入那无声的旋涡里。当然，我更意识不到，这点灯火即将在我眼前忽然熄灭。

我想给先生写信说一下这次的事件。可是，提笔写了十来行就停下来，把信撕得粉碎，扔进纸篓里。（我觉得给先生写这些东西没什么意义，而且从上一封信的经验可知，他不会给我回信。）我因为寂寞，所以才想写信，而且也盼望着能收到回信。

六

八月中旬，我收到一位朋友的来信，说外地有个中学招聘教师，问我想不想去。这位朋友出于经济上的原因到处寻找这样的工作。这份工作本来是他自己的，但后来他又找到了更好的地方，所以特意来信，想把多出来的机会让给我。我马上回信谢绝说："我有个朋友正在努力寻找教师的工作，不如把这机会让给他吧。"

寄出之后，我把这事告诉了父母。他们对我的做法似乎没什么意见。

"不去那里，也会找到其他好工作的。"

从这句话里，我听出他们对我寄予了过高的希望。父母亲也太糊涂了，竟然指望着儿子刚毕业就能获得不相称的地位和收入。

“好工作？现在很难找到那样的好工作啦。况且哥哥和我的专业又不同，时代也不一样了。不能老拿我和哥哥比。”

“可是，既然已经毕业了，至少要能独立生活嘛，不然我们也没面子。要是别人问起‘你家老二大学毕业后做什么呀？’我回答不出来的话，那多丢脸啊。”

父亲脸色阴沉。他在乡下住惯了，从没想过要到外面去看看。他只是想让我毕业后有个着落，这样，当被村里人问到“大学毕业能拿多少月薪”或“也就挣一百多日元吧”之类的问题时，能回答得体面一些。我一向把大城市视为立身之地，可是在父母看来，我简直就是异想天开的怪人。实际上，有时我觉得自己就是这种人。我和父母之间的距离太遥远了，无法向他们表明自己的真正想法。所以，我只能在他们面前保持沉默。

“可以去找你经常提起的那位‘先生’呀，现在正需要帮忙。”

母亲完全不了解先生——那位先生，只会劝我回家后趁父亲活着尽早分财产，而不会为我毕业后帮忙找工作。

“那位先生是做什么的？”父亲问道。

“什么都不做。”我回答。

我记得以前就告诉过父母说先生没做事，父亲应该还记得的。

“什么都不做？这是怎么回事呀？既然是你那么尊敬的人，

总该做点什么吧。”

父亲挖苦道。在他看来，有出息的人都会出去外面工作，有一定的职位。结论就是：没用的人才会游手好闲。

“就连我这样的人也没整天闲着呀，虽说没有薪水。”

父亲又说了这么一句。我还是没有吭声。

“那位先生要是真像你说的那么厉害，一定会给你找份工作的。你找过他了吗？”母亲问道。

“没有。”我回答。

“难怪找不到工作。为什么不请他帮忙呢？给他写封信也行呀。”

“嗯。”

我心不在焉地应了一声，然后就走开了。

七

父亲显然很担心自己的病情。不过，他并不会在医生上门时提出一些难以回答的问题。而医生也有所顾忌，没对我们说过什么。

父亲似乎在考虑自己的身后事了，至少在想象自己离去后的这个家。

“让孩子念书也好也不好。好不容易供他念完书，他却不肯回来了。这样的话，让孩子念书岂不是等于让父子分离吗？”

哥哥念完书，结果如今远在他乡；我受完教育，结果决心留在东京。父亲培养出这样的孩子，发发牢骚当然也是情有可原的。当他想象着这座居住多年的旧房子里只剩下母亲孤零零一个人，心里一定会感到无比凄凉吧。

父亲坚信我们家是不可能变动的，而住在这里的母亲在其有生之年也不可能变动。其实他心里很矛盾——一方面，想到自己死后把母亲孤零零一个人留在这空房子里，未免深感不安；另一方面，却又非要让我在东京找一份好工作。我觉得他的这种矛盾心理很可笑，但同时又感到庆幸——这样我就能回东京去了。

在父母面前，我不得不装出一副努力找工作的样子。我给先生写了一封信，详细说明家里的情况，并恳求说："只要我能胜任的话，什么工作都愿意做，请帮忙介绍给我。"写信时，我心想先生肯定不会答应帮忙的。而且，就算他愿意帮忙，交际圈这么窄也无能为力吧。不过，我觉得先生一定会给我回信的。

封上信口寄出之前，我对母亲说："我写好给先生的信了，是按你的吩咐写的。你看一下吧。"

果然不出我所料，母亲没有看。

"是吗？那就赶快寄出去吧。这种事呀，就算没人提醒，自己也应该抓紧做嘛。"

母亲把我当成小孩子了。其实，我也觉得自己像个小孩子。

"光靠一封信是办不成的哟。反正，这事得等到九月份我回东京以后再说了。"

“你说的也是。不过，碰巧有什么好工作也说不定，最好还是早点请他帮忙。”

“嗯。总之他一定会给我回信的，那时再说吧。”

在这方面，我相信先生会认真对待的。我满心期待地等着他的回信。然而，我的期待却落空了。一个星期过去了，先生还是音讯全无。

“可能是去哪里避暑了吧。”

我不得不对母亲说些类似于找借口的话。这句话不仅是对母亲说，也是对我自己说。我必须强迫自己找个借口为先生辩解，否则就会感到不安。

我有时会忘记父亲的病，心想干脆早点回东京得了。连父亲也经常忘记自己的病，明明担心未来，却又不对身后事早做安排。我最终也没有机会按先生的忠告向父亲提出分财产的事。

八

到了九月初，我终于要回东京去了。我恳求父亲暂时还像以前那样给我寄学费。

“这样整天待在家里，不可能找到你所说的那种好工作。”

我说得好像是为了不辜负父亲的希望才要回东京去似的。

“当然，找到工作以后就不用再寄钱给我了。”我又补充了一句。

我心里明白，那样的好工作不会落到自己头上。然而，不谙世事的父亲却一直相信我能找到。

“反正是暂时的嘛，总得给你想想办法。不过，长期这样可不行哟。一找到工作就应该独立生活。按理说，既然已经大学毕业，从第二天起就不能再依赖别人了。现在的年轻人呀，光知道花钱，从来就没想过怎么挣钱。”

除此之外，父亲还发了很多牢骚。其中有一句是这样的：“以前都说‘养儿防老’，如今却变成了‘养儿啃老’。”我只能默默地听着。

听完一通牢骚话，我正要默默地走开时，父亲问我什么时候动身。我当然是希望越早越好。

“让你母亲挑个日子吧。”

“好的。”

我在父亲面前表现得很老实，想尽量不惹他生气，早日离开这里。父亲又叫住我说：“你一去东京，家里又变得冷冷清清的，只剩下我和你母亲啦。我身体要是结实点儿倒还好，可现在这个样子，说不准什么时候就会出事呢。”

我尽可能地安慰了父亲几句，然后又回到自己的书桌旁。我坐在散乱的书堆里，反复回味着父亲那无助的表情和话语。这时我又听到了蝉声。这蝉声和前一阵子的不一样，是寒蝉的鸣叫。夏天我回到乡下，每次在沸腾似的蝉声里呆坐时，总会感觉到一阵悲凉。我的哀愁仿佛和这聒噪的蝉声一起渗入了心底。每当这时，我总是一动不动地凝视着自己。

今年夏天回乡下以来，我的哀愁逐渐变了味儿。我感觉到，周围人的命运正在大轮回中缓缓运行，正如夏蝉的鸣叫声变成了寒蝉一样。我一边反复回味着父亲那无助的表情和话语，一边又想起始终没给我回信的先生。先生和父亲给我的印象截然相反，所以我动不动就会在头脑里将这两人进行比较或联想。

对于父亲，我几乎了解他的一切。如果离开他，或许只有父子之间的依依之情。而对于先生，我却还有很多不了解的地方。他曾答应说要把过去的经历告诉我，但我至今还没有机会聆听。总之，对我而言，先生犹如在暗处。我很想穿过这片黑暗，到达光明之处，否则就心有不甘。和先生断绝联系，让我觉得非常痛苦。我让母亲看过日子，确定了回东京的日期。

九

正要动身之际（记得是在临行前两天的傍晚），父亲突然又病倒了。当时我正在捆扎装满书本和衣服的行李。父亲刚开始洗澡。母亲进去给父亲搓背时，突然大声叫我。我跑过去一看，只见光着身子的父亲被母亲从后面抱起来。不过，搀扶着回到客厅时，父亲却说没什么事了。为了慎重起见，我坐在父亲枕边，用湿毛巾为他冷敷头部。直到九点钟时，我才随便吃了点晚饭。

第二天，没想到父亲的精神竟然好多了。但他不听劝，自己又走去上厕所。

“没事了。”

父亲又重复着去年年底病倒时对我说过的话。当时确实如他所说没什么事。我想，这次可能也会没事吧。向医生确认时，医生却只是叮嘱说要多加小心，不肯把话讲清楚。我心里忐忑不安，眼看着到了该动身的日子，却没有心思回东京了。

“我先留下来，看看情况再说吧。”我和母亲商量。

“这样最好。”母亲说道。

本来，母亲看到父亲精神抖擞地到院子或屋后走动时，会觉得很安心。可现在一看到这样，又感到十分担心和忧虑。

“你不是今天回东京吗？”父亲问道。

“嗯，推迟几天。”我回答。

“是为了我吗？”父亲又问。

我迟疑了一下。如果回答“是的”，就说明父亲的病情很严重。我不想刺激他，但他似乎看透了我的心思。

“难为你啦。”父亲说着，把脸转向了院子。

我回到自己房间，看着扔在地上的行李。行李已经捆得结结实实的，随时都可以带上出发。我茫然地站在行李前，犹豫着是不是又要解开绳子。

我在坐立不安的心情中过了三四天。父亲又晕倒了。医生命令说一定要卧床休息。

“怎么回事呀？”母亲压低嗓门问我，尽量不让父亲听见，她的表情显得很无助。我准备给哥哥和妹妹发电报。不过，躺在床上的父亲却几乎没什么痛苦。看他说话的样子，就跟得了感冒没什么两样。而且胃口比平时还好，旁人劝他别吃太多他也不听。

“反正都要死了，总得吃点好吃的再死吧。”

父亲所说的“好吃的”，在我听来既滑稽又辛酸。他没住过大城市，没有口福，最多只不过在晚上让母亲烤些年糕，咯吱咯吱地嚼上几块。

“他为什么这么渴[1]呢？可能是因为心里还在坚持吧。”

在这种令人失望的时候，母亲反而寄托了一丝希望。不过，她却用了生病时的“渴”来表示胃口很好的意思。

伯父来探病时，父亲一再挽留他，不让他走。“我觉得挺闷的，你多坐一会儿吧。”除了这个主要的理由之外，也许还有另一个目的——他还想向伯父诉苦，说我和母亲不让他随意吃东西。

十

父亲的病情以这样的状态持续了一个多星期。其间，我给远在九州的哥哥写了一封长信。寄给妹妹的信则是由母亲写的。我心想，恐怕这是写给他们的最后一封关于父亲病情的信了。所

1 此处的“渴”指“消渴”，以多饮、多食、多尿、消瘦、尿甜为特征的综合病症。

以，在给他们的信中都写明“到最后时刻就发电报叫他们回来”。

哥哥工作很忙，妹妹有孕在身。所以，父亲的病情还没到危急时，是不能随便叫他们回来的。可是，如果他们专程抽空回来却又没赶上见最后一面，难免要责怪我，那我也很憋屈。在如何把握发电报的时机上，我体会到了别人所不知道的责任感。

“我也没法告诉你准确的时间。不过，病情有可能随时变危急，请做好思想准备。”

从车站所在的小镇请来的医生对我这么说。我和母亲商量之后，决定拜托这位医生从小镇医院请一位护士过来。当父亲看见一位穿着白大褂的护士来到枕边向自己打招呼时，不由露出了诧异的神色。

父亲早就知道自己得了不治之症，但却没有意识到死亡正逐渐迫近。

“等病好了，我就再去东京玩一次。这人呀，说不定什么时候就会死掉。想做什么，就得趁活着的时候赶紧做。”

母亲只得无奈地附和着：“到时带上我一起去吧。”

有时父亲又满脸凄然地对我说：“我要是死了，你得好好照顾你母亲。”

我对“我要是死了”这句话有着特殊的记忆。——离开东京之前，我毕业的那天晚上，先生对夫人反复说了好几遍这句话。我回想起先生面带笑容的表情，还有夫人捂着耳朵不愿听这句晦气话的样子。当时我听到的“我要是死了”只是单纯的假设，而此刻我所听到的这句话，却是随时可能发生的事实。我没法像夫人那样捂住耳朵，而只能在口头上安慰一下父亲。

“别说这样的丧气话。你不是说等病好了还要去东京玩吗？带上母亲一起。这次你去了一定会大吃一惊的，变化非常大。光是电车线路就新开了很多条。电车一通行，街道自然也会发生变化，而且市区也重新划划了。可以说，东京每时每刻都在变化。”

我无奈地说了一大通无关紧要的话，而父亲倒是听得津津有味。

家里有个病人，出入的人也自然多了起来。附近的亲戚们轮番来探病，大概每隔两天就有一个人上门。其中有的住得比较远，平时也很少来往。有人探完病临走时还说：“我本来以为很严重呢，看这样子应该没事。说话挺清楚的，而且脸上也没见瘦呀。”我刚回来时家里冷清得很，如今却因为父亲的病而渐渐热闹起来。

其间，一直卧床不起的父亲的病情变得越来越严重。我和母亲及伯父商量之后，终于给哥哥和妹妹发了电报。哥哥回复说马上回来，妹夫也说要回来。这位妹夫以前就告诉过我们，说妹妹上次怀孕流产，这次必须特别小心，以免再出意外。这次他可能会代替妹妹回来。

十一

在这样忙乱的日子里，我仍有空闲静坐，甚至偶尔有空翻开书本，连续看个十来页。本来已经捆得结结实实的行李不知什么时候又打开了。需要什么物品，我就从里面取出来。我回顾了一下离开东京时在心中拟定的暑期计划——实际只完成了不到三分之一。我以前也有过很多次这种不愉快的经验，但却很少试过像这个夏天这样严重滞后于计划的。我虽然认为这是人之常情，但还是感觉心情压抑。

我郁闷地坐着，想着父亲的病，想象着他死后的情形。与此同时，我又想起了先生。我郁闷的内心里浮现出这两个身影，一边是父亲，另一边是先生，而他们的地位、教养、性格都截然不同。

当我离开父亲枕边、独自抱着胳膊坐在杂乱的书堆里时，母亲突然出现在门口。

“睡会儿午觉吧，你肯定也累坏了。”

母亲并不理解我的心情，而我也不再是期待着得到母亲理解的小孩子了。我简单地道了谢。母亲仍然站在门口。

“父亲呢？”我问道。

“现在睡着了。”母亲回答。

母亲突然走进来，坐到我旁边，问道：“先生那边还没有什么消息吗？”

母亲相信了我之前所说的话——我曾向她保证说先生一定

会回信的。但我根本不指望能收到父母期待的那种回信。所以，这跟故意欺骗母亲其实没什么区别。

“再写一封看看吧。”母亲说道。

如果能使母亲感到宽慰，无论让我写多少封这种没用的信，我都不会嫌麻烦。可是要为这种事而勉强先生，却让我感到痛苦。比起挨父亲责骂、惹母亲生气，我更怕被先生瞧不起。我甚至胡乱猜测过：先生至今没给我回信，也许就是出于这个原因。

“写封信很容易，但这种事不是通过写信就能办成的。无论如何，还是得亲自回东京去，到处求人帮忙才行。”

“可是你父亲病成这样，谁知道你什么时候才能回东京呀。”

“所以我暂时不走嘛，先在家里待着，等父亲的病有个着落再说。”

“也只能这样了。谁能扔下这样的重病人不管，而自己跑到东京去呢？”

一开始，我还暗暗怜悯毫不知情的母亲。但我不明白，为什么她偏偏在这忙乱的时候提出这种问题。我暂时不顾父亲的病痛，忙里偷闲地躲在房里静坐、读书。我猜想，或许母亲也和我一样，还有闲心忘掉眼前的病人，而考虑别的事情吧。“我是想呀……”这时母亲又开口了。

“我是想呀，你要是能趁父亲还活着的时候找到工作，那他也就放心了。看样子可能赶不上了。不过，你还是要试一下，工作有着落的话，他心里也就踏实了。趁他活着的时候让他高兴高兴，也算尽一份孝心吧。”

然而，可怜的我却处于无法尽孝心的境况。最终我连一个字也没给先生写。

十二

哥哥回到家时，父亲正躺着看报纸。父亲平时有个习惯——不管有别的什么事，每天都一定要看看报纸。卧床养病之后备感无聊，就更想看报纸了。我和母亲都任由他看，没有强加劝阻。

“父亲精神这么好，不错嘛。我还以为很严重呢，现在回来一看，不是好好的吗？”

哥哥和父亲攀谈起来。他那过于快活的语气，在我听来反而很不自然。其实，不在父亲面前时，他和我说话的语气是很低沉的。

“能不能别让他看报纸呢？”

“我也想呀，可是他非看不可，没办法。”

哥哥默默地听着我的解释，过了一会儿说道：“能看懂吗？”他似乎觉察出，父亲因为患病而导致理解能力比平时差了很多。

“没问题。刚才我在他床边坐了二十多分钟，聊这聊那的，也没见他有什么异样。看这样子，说不定还能撑挺久呢。”

和哥哥前后脚赶到家的妹夫，则比我们乐观得多。父亲问了他很多关于妹妹的情况，然后说道："她身子不方便，就别坐火车乱摇乱晃的了。她要是非要来看我，反而让我担心哩。"父亲还说："唉，等我病好了，去你们那里看看小外孙也行。我也很久没出门啦。"

乃木将军[1]的死讯，也是父亲最先从报纸上看到的。

"不得了啦！不得了啦！"

他突然大叫起来，把毫不知情的我们吓了一跳。

后来，哥哥对我说："当时我很担心，还以为他神经不正常了呢。"

妹夫也表示深有同感："我也被吓到了。"

那时候的报纸，上面登的全是些乡下人每天期盼的消息。我坐在父亲枕边，认真地看着相关的报道。没工夫看时，我就悄悄拿回自己房间，一字不漏地看一遍。身穿军装的乃木将军，以及他那身穿女官装束的夫人的身影，一直映在我眼中，久久不能忘记。

悲风吹遍了乡下的每个角落，吹得困倦的草木瑟瑟发抖。这时，我突然收到一封先生发来的电报。在乡下这种地方，连狗见到穿西服的人都会叫个不停，一封电报自然也是不得了的事。母亲接到电报时，果然一脸惊慌，还特意把我叫到没人的地方，问道："里面说什么呢？"然后站在旁边等着我拆封。

电报的内容很简单，说是想见我一面，希望我回一趟东京。

1　乃木希典（1849—1912），日本陆军大将，在明治天皇下葬当天，与妻子一起自杀殉节。

这让我感到十分诧异。

“一定是你请他帮忙找工作的事。”母亲猜测道。

我也觉得有可能，但又有点奇怪。无论如何，我把哥哥和妹夫都叫回来了，总不能自己扔下病重的父亲不管而跑到东京去吧。我和母亲商量后，决定回电报说走不开，并用尽可能简洁的文字说明父亲病危的情况。但我觉得这样还不够，于是又在当天写了一封详细说明情况的信，寄了出去。母亲深信不疑地认为先生是为了工作的事找我，她十分惋惜地说道：“真不凑巧啊，没办法。”

十三

我写的那封信相当长，母亲和我都认为这次先生肯定会回信的。信寄出后的第二天，我又收到一封电报，上面只有一句话：“不来也可。”我拿给母亲看了。

“可能他还会来信说一下情况吧。”

母亲一直理解为先生是要为我介绍工作。我虽然也觉得有可能，但一考虑到先生平时的为人，又觉得很奇怪。在我看来，“先生帮我找工作”这事是绝不可能的。

“我的信应该还没寄到，这封电报是之前就发出来的。”

我对母亲说了句显而易见的话。母亲一本正经地思考着，并回答道：“是呀。”其实我知道，用“收到我的信之前就发出了电报”来为先生辩解是毫无作用的。

那天，正好主治医生从镇上请院长过来会诊，所以我和母亲没机会继续再谈这个话题。两位医生会诊之后，给父亲做了灌肠手术，然后就回去了。

自从医生命令卧床静养以来，父亲大小便时都是躺在床上由别人伺候。父亲有洁癖，刚开始十分抗拒，无奈行动不方便，只得很不情愿地在床上解决。也许是病情加重导致头脑逐渐迟钝的缘故，时日一长，他对卧床大小便也不以为意了。有时弄脏被褥，旁人见了都皱起眉头，而他本人却满不在乎。不过，得了这种病，排尿量会变得特别少。医生也没办法。父亲的食欲也在逐渐衰退。偶尔想吃点什么，也只是嘴巴馋，其实吃不下去多少。甚至连一向爱看的报纸都没力气拿了。放在枕边的老花镜，一直收在黑色的眼镜盒里。父亲有个儿时的好友，名叫阿作，家在相隔八里多远的地方。他来探望父亲时，父亲唤着阿作的名字，睁开混浊的眼睛朝对方望去。

“阿作，谢谢你来看我。你身体这么结实，真羡慕啊。我已经不行啦。”

“哪里哪里。你两个儿子都是大学毕业，就算有点小病小痛也该知足啦。你瞧我，老婆死了，又没有小孩，就这么一天天地混日子。身体再结实，又有什么盼头呢？”

阿作来过两三天之后，父亲又做了一次灌肠手术。做完，他高兴地说：“托医生的福，现在舒服多了。”他的心情好了一些，似乎是对自己的生命多了几分信心。坐在一旁的母亲，或许是被他的情绪所感染，又或许是想给病人鼓鼓劲，把先生发来电报的事告诉了父亲，而且说得我好像如父亲所愿在东京找到了工作似的。我在一旁觉得很难堪，可是又不能打断母亲的话，只得默默地听着。父亲的脸上露出了笑容。

“那太好了。”妹夫也说道。

“还不知道是什么工作吗？”哥哥问道。

事到如今，我已经没有勇气去否认，只得含糊其辞地回答着，然后借故走开了。

十四

父亲的病情每况愈下，似乎已经在鬼门关外徘徊，只等着最后一击了。全家人每晚上床睡觉前，都在担心今天会不会就是宣判命运的日子。

父亲已经感觉不到任何痛苦，这样家里人倒不必揪心。于是，看护也变得轻松了许多。为防不测，每晚轮流安排一个人看护，其他人可以各自回房睡觉。有一次，我不知为什么没睡着，觉得好像隐约听到病人呻吟的声音，有点放心不下，于是就半夜起身走到父亲枕边看看。那天晚上轮到母亲看护，但她却趴在父亲身旁，枕着胳膊睡着了。父亲也静静地陷入了沉睡之中。我又蹑手蹑脚地回到自己的床上。

我和哥哥睡在同一顶蚊帐里。只有妹夫独自睡在另一个房间，大概是享受着客人的待遇吧。

“真难为小关了，拖了这么多天也回不去。”

妹夫姓关。

“不过，他也不是特别忙，所以才能在这里住这么久吧。哥哥，你恐怕更难办吧，这么拖下去的话。”

“那也没办法呀，这可不比别的事。”

我和哥哥并排躺着聊天。无论我还是哥哥，心里都觉得父亲已经没希望了，而且都在考虑：“既然已经没希望……”我们作为儿子，就好像在等着给父亲送终一样，可是又不能说出来。而且，我们兄弟俩都明白彼此的心思。

“父亲好像还以为自己能好起来呢。”哥哥对我说。

看样子确实像哥哥说的那样。每次邻居来探病，父亲就非见不可。一见面，又总是为没办成毕业庆祝宴会而惋惜一番，并表示等自己病好后一定补办。

“幸亏你的毕业庆祝宴会取消了，我那时可被折腾得够呛。”哥哥的话勾起了我的回忆。我想起当时会场上弥漫着酒精气味的乱哄哄的情景，不由苦笑。而父亲在宴席间来回走动劝酒的行为也令人感觉不快。

我们兄弟俩的关系并不是那么好。小时候经常打架，我这个当弟弟的总是被弄哭。因为性格不同，上学后我们也选了不同的专业。我读大学时，尤其是认识了先生之后，远远地看着哥哥，总觉得他具有一种“动物性”。我们长期没见面，而且相隔又远，所以无论从时间还是距离上来说，我一直都觉得哥哥十分疏远。然而，这次久别重逢，却自然产生了一种兄弟之间的亲情。当然，眼下情况特殊也是一个主要原因。在我们父亲临终之际，我和哥哥在病床前握手言和了。

“你今后有什么打算？”哥哥问我。我却答非所问地提出了另一个问题：“家里的财产到底怎么处理呢？”

“我不知道，父亲什么都没说过。不过，说是‘财产’，其实也值不了多少钱吧。”

而母亲则始终惦记着先生的回信，经常催问我：“还没收到回信吗？”

十五

“你们总说先生先生的，到底是谁呀？”哥哥问我。

“上次不是跟你说过了吗？”我回答道。他上次问的时候我明明解释过，没想到这么快又忘了。这让我很不耐烦。

“倒是听你说过，可是……”

他的意思是说没听明白。在我看来，没必要非得让他了解先生不可。但他却生气了，似乎又变回从前的老样子。

哥哥认为，既然是被我尊称为“先生”的人，那肯定是知名人士，至少也应该是大学教授吧。一个既没有名气又无所事事的人，其价值在哪里呢？在这一点上，哥哥的想法和父亲是一样的。不同之处在于，父亲断定：“没用的人才会游手好闲。”而听哥哥的语气，却似乎认为：“明明有点才能却游手好闲，这样的人太没出息了。”

“利己主义者要不得。无所事事地活着，这是懒汉的想法。一个人必须尽可能地发挥自己的才能。”

我很想反问他一句：“你知道自己所说的’利己主义者‘这个词是什么意思吗？”

“不过，他要是能帮你找到一份工作，那倒也挺好。父亲也很高兴呀。”

哥哥又补充了这么一句。既然没收到先生的明确回复，我就不相信会有这种事，而且也没有勇气说出口。可是，母亲已经一厢情愿地在大家面前说开了，事到如今，我也没法反口否认。无须母亲催促，我自己也在盼望着先生的回信。而且，我还暗自祈祷：但愿这封信能如大家想象的那样提到帮我找工作的事。在临终的父亲面前，在为了让父亲感到一丝宽慰而诚心祈祷的母亲面前，在认为无所事事则枉为人的哥哥面前，在妹夫、伯父、伯母等人面前，我不得不为自己本来毫不在乎的事而大伤脑筋。

当父亲呕吐出黄色的异物时，我想起了先生和夫人曾经说过的病危症状。

“躺那么久，肠胃也变差了吧。”母亲说道。看来她还没意识到病情危急。我看着她的脸，不禁流出了眼泪。

我和哥哥在起居室碰头时，他问我：“你听到了吗？”——他是问我有没有听到医生临走时对他说的话。用不着他解释，我也明白什么意思。

“你愿意回乡下来打理这个家吗？”哥哥回头看着我。我没有回答。

“母亲一个人什么都做不来吧。”哥哥又说。他似乎把我看成是那种渴望嗅着泥土气息终老故乡的人了。

“你如果只是想看书，在乡下也能看，而且又不用工作，多好。”

“按理说，应该哥哥回来才对。”我说道。

“我怎么能做这种事？”哥哥一口拒绝。他那口气，仿佛表示说自己正要在社会上大干一番事业呢。

“你要是不愿意，也可以请伯父帮忙打理。不过，母亲总得跟着我或你一起过的。”

“母亲肯不肯离开这里都是个问题呢。”

父亲还没死，兄弟俩就在商量他的身后事了。

十六

父亲开始胡言乱语了。

“我对不起乃木将军。实在是没脸见人啊。不要紧，我随后就到……”

他时不时就说这样的胡话。母亲觉得害怕，想尽量让大家守在病床前。对神志清醒时感觉很凄凉的父亲来说，似乎也希望这样。特别是当他环顾屋里见不到母亲时，一定会问：“阿光呢？即使没问，他的目光也在寻找。我起身去叫母亲。母亲放下手中的活儿，来到病房问道：“有什么事？”父亲却一声不吭，只是呆呆地看着母亲的脸。过不一会儿，又开始说些毫不相干的[illegible]话。有时也会突然说句贴心话：“阿光，我给你添了不少麻烦了。”母亲听到这样的话时，眼里必定满含着泪水。过后，她又一定会回想起以前没生病时的父亲。

“瞧他说得这么可怜，以前可凶得很呢！”

母亲随即讲起父亲曾用扫帚抽打她后背的事。我和哥哥之前已经听过很多次了，但这次却感觉跟以往完全不同，听上去就像在缅怀父亲似的。

父亲虽然已经看见了隐约浮现在眼前的死亡阴影，却仍没说出类似于遗嘱的话来。

“要不要趁现在先问问？”哥哥看着我说。

“这个嘛……”我回答着，一边在考虑由我们主动提这事是否对病人不好。我们俩犹豫不决，于是去找伯父商量。伯父也犯了难。

“如果有话想说却来不及说，那当然不甘心。可是，由我们催问嘛，好像也不妥。”

这事终于就这样不了了之。不久，父亲陷入了昏迷状态。一向糊涂的母亲还以为他只是睡着了，高兴地说道：“哎呀，能舒舒服服地睡着，旁人也轻松多了。”

父亲时而睁开眼睛，突然问一句谁谁怎么样了。他问起的人，其实刚才就坐在旁边。父亲的意识分成了明暗两部分。那明亮的部分，就像是把黑暗缝接起来的白线，断断续续地连接着。也难怪母亲把父亲的昏迷状态当作了正常睡眠。

父亲逐渐变得口齿不清了。常常说了个开头，到后面就含含糊糊，让人很难听清他要说什么。而一开口说话时声音又很大，简直不像是垂危病人。当然，我们说话时则必须凑近他耳边、提高嗓门才行。

“冷敷一下头部会舒服些吗？”

“嗯。”

我和护士给父亲换了水枕，然后把刚装入冰块的冰袋放在他头上。我用手在父亲光秃秃的额头外侧轻轻地按住冰袋，直到里面尖利的碎冰块变得平整下来。这时，哥哥沿着走廊走进来，默默地把一封信递到我手上。我伸出空闲的左手接过这封信时，觉得很奇怪。

这封信比一般的信件要重得多。它没有装在普通信封里，而且显然也装不下。它外面包着白色日本纸，封口用胶水贴得很细致。我从哥哥手里接过来时，就发现它是一封挂号信。翻到背面一看，上面工整地写着先生的名字。我腾不出手，没法马上拆封，于是就先把它揣进怀里。

十七

那天父亲的情况似乎特别不好。我起身去厕所时，在走廊上碰到哥哥。他像个哨兵似的盘问我：“去哪里？”然后又提醒道：“情况有些不妙，应该尽量守在旁边才行。”

我也这么觉得，于是仍然怀揣着那封信回到了病房。父亲睁开眼睛，问母亲围在床边的人叫什么名字。母亲就一一告诉他这个是谁、那个是谁。父亲一一点头。没点头的时候，母亲就提高嗓门重复一遍：“这是某某，你听明白了吗？”

“给大家添麻烦了。”

父亲说完，又陷入了昏迷状态。围在床边的人都默默地观察着他的情况。过了一会儿，有个人起身去了隔壁房间。接着又一个人走开了。我终于第三个离开病房，回到自己房间。因为我想打开刚才揣进怀里的那封信来看。本来在病人枕边也能看，但那封信太厚了，没法在那里一口气看完，所以我就偷空溜出来看信。

我用力撕开柔韧的包装纸，取出一叠画有横竖线、像方格稿纸那样的信笺。信笺上写着工整的字迹。为了便于封口，信笺被叠成四折。我把有折痕的信笺反过来折几下，展平，这样读起信来舒服一些。

我心里有些惊讶，先生用这么多的信笺和笔墨，到底要跟我说什么呢？同时我又惦记着病房里的情况。我预感到，在我读完这封信之前，父亲一定会出事，至少我肯定会被哥哥或母亲，要不就是伯父叫走的。我没法静下心来看信，只是忐忑不安地看了开头第一页。上面是这么写的：

> 之前，你问我过去的经历时，我没有勇气回答。现在，我相信自己已经获得了自由，可以向你一五一十地说出来了。但这只是一种具有社会性的自由，在等你回东京的期间又将失去。因此，如果我不趁现在能利用的时候好好利用这种自由，就会永远错过机会，无法将我过去的经历作为间接经验告诉你了。那么，之前我信誓旦旦地许下的诺言就会变成谎言。迫不得已，我只能把本来应该亲口告诉你的话形诸笔墨。

读到这里，我才明白先生为什么会给我写这么一封长信。我从一开始就断定，先生是不会为了我找工作的事而给我写信的。然而，先生一向懒得动笔，这次为什么愿意费这么多笔墨写下过去的经历给我看呢？为什么不等我回东京再说呢？

“趁着自由的时候说出来。然而，这自由又将永远失去。”

我在心里反复念叨着这句话，但却不明白是什么意思。突然，我感觉到一阵不安，想要继续往下看。不料这时从病房那边传来哥哥大声叫我的声音。我大吃一惊，站起身来，沿着走廊向大家所在的病房跑去。我意识到，父亲的临终时刻终于到来了。

十八

不知什么时候医生也来到了病房，正准备再次做灌肠手术，以减轻病人的痛苦。护士劳累了一整夜，正在隔壁房间休息。哥哥不熟悉护理操作，站在那里手忙脚乱。他一见到我就说："你来帮一下手。"然后坐了下来。我上前替下哥哥，把油纸垫在父亲的臀部底下。

父亲好像舒服一些了。医生在枕边坐了大约三十分钟，看到灌肠有效果了，就说声"回头再来"，然后回去了。临走时还特意叮嘱说："有什么事可以随时叫我。"

我走出随时可能有事的病房，又想继续看先生的信，但却很难静下心来。刚在书桌前坐下来，又觉得好像随时会听到哥哥的呼唤声。如果这次再叫我，恐怕就是临终了。想到这里，我的手不由颤抖起来。我心不在焉地翻动着先生的信。映在眼里的，只是那些方格里的工整笔画。但我却没有心情看信的内容，甚至连一目十行地跳着看也做不到。我按顺序翻到最后一页，正准备按原样叠起来放到桌上。这时，结尾处的一句话突然映入我眼里。

> 当你收到这封信的时候，我应该已经离开这个世界，早已经死去了。

我大吃一惊。刚才还躁动不安的心，仿佛一下子凝固了。我又从后面往前翻，每页看一两句，又接着往前翻。我想用眼睛穿透这些闪动的文字，想在瞬间弄清楚我必须知道的事。此刻，我只想知道先生是否还安在。至于先生过去的经历——他曾答应过要告诉我的灰暗的过去经历，对我来说已经毫无意义了。我往前翻了几页，发现很难从这封长信中找到我想了解的情况，于是只好焦躁地把它叠起来。

我又来到病房门口，看了看父亲的情况。病房里特别安静。母亲一脸疲惫地坐在枕边，显得很无助。我向她招招手，问道："情况怎么样？"母亲回答说："现在好像稳定一些了。"我凑到父亲面前，问道："怎么样，灌肠后感觉舒服些了吗？"父亲点点头，口齿清晰地说了一句"谢谢"。想不到他的神志还这么清楚。

我又走出病房，回到自己房间。我看看时钟，查了一下火车时刻表。这时，我突然站起身，系好腰带，把先生的信揣进袖兜里，随即从后门出去，飞快地跑到医生家里。我想问清楚父亲还能不能再撑两三天，然后请医生想办法多拖几天，用打针等各种办法都行。可不巧的是，医生不在家。我没有时间，也没有闲心待在这里等他回来。我马上叫了人力车，赶往火车站。

我把一张纸片摁在车站的墙上，用铅笔给母亲和哥哥写信。信虽然很简短，但总比不辞而别要好一些吧。我拜托车夫尽快把信送往家里，随即毫不犹豫地跳上了开往东京的火车。我坐在轰隆作响的三等车厢里，从袖兜里取出先生的信，终于从头到尾读完了。

【下】先生和遗书

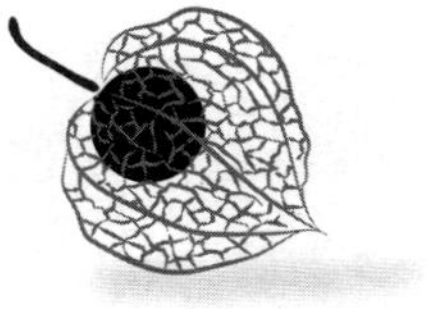

一

……这个夏天，我收到你寄来的两三封信。记得好像是在第二封信里，你拜托我在东京帮你找一份合适的工作。看了信之后，我很想帮你想想办法，至少应该给你回封信，否则就太过意不去了。然而坦白地说，对于你拜托的事情，我完全没有尽到力。你也知道，我的交际圈很狭窄——更确切地说，是一个人孤零零地活在世上。我完全没有能力给你介绍工作。但这并非问题的关键。说实话，我一直以来都感到很苦恼，不知道自己应该怎么办——是继续像一个被社会抛弃的木乃伊那样活下去，还是……每当我内心浮现出"还是"这个词的时候，就感到毛骨悚然。那种感觉，就像一个人跑到悬崖边，突然看见前面是深不见底的深渊。我是个怯懦的人，我也和许多怯懦的人一样感到苦恼。很遗憾，毫不夸张地说，那时在我心里，你这个人几乎是不存在的。进一步说，你的工作、你的谋生手段对我而言是毫无意义的，无所谓的。我根本顾不上考虑这些事。我把你的信扔进信袋里，然后抱着胳膊又陷入了沉思。家里有相当财产的人，何苦刚刚毕业就忙着到处找工作呢？我甚至有些反感地向远在乡下的你投去一瞥。不给你回信太过意不去，所以我只能这么说实话，算是为自己辩解。我说这些无礼的话，并不是想故意惹你生气。我相信，只要你看到后面的内容，就会明白我的本意。总之，我本来应该给你回信却没回，多有怠慢，我愿意向你道歉。

后来，我给你发了电报。说实话，当时我是想见你一面的，然后如你所愿地把我过去的经历告诉你。你回电报说暂时来不了东京。我很失望，长时间地凝视着那封电报。你大概是觉得只发电报不妥，随后又寄来一封长信，于是我就明白你为什么来不了东京了。我根本不认为你这种做法是失礼的。你怎么可能扔下身患重病的父亲而出门呢？倒是我的做法欠妥，没考虑到你父亲的安危问题。——实际上，我发那封电报时确实已经忘记了你父亲的情况。尽管你在东京时我还曾多次提醒过你，说这病很难治，千万不可大意。我就是这样矛盾的人。我之所以变成这样矛盾的人，也许不是因为脑子有问题，而是因为被过去的经历压迫而造成的。在这一点上，我对自己有着充分的认识。请你一定要原谅我。

我看过你的信——你寄来的最后一封信之后，我才意识到自己的过错。我提起笔来，想写封回信向你道歉，结果却一个字都没写。因为，既然要写，就要写这封信，但写这封信的时机还稍微早了点儿，所以就决定先不写，而只是又发了一封简短的电报说“不来也可”。

二

接下来，我就开始写这封信。因为平时很少动笔，所以做不到随心所欲地叙述事情或表达想法，这让我非常痛苦，甚至差点儿就想放弃对你的这份义务。然而，尽管我几度搁笔，想要放弃，结果却还是欲罢不能。没过一个小时，我又想提笔继续写了。在你看来，也许觉得这是出于我注重履行义务的性格吧。我并不否认这一点。你知道，我是个与社会几乎没有任何联系的孤独的人。所以，环顾自己的前后左右，都找不到所谓的义务的根源。一直以来，我有意或无意地过着尽量远离义务的生活。我之所以变成这样，并非因为轻视义务，相反，是因为对义务过于敏感，没有精力去承受它的刺激，所以才变得像你现在看见的那样消极度日。因此，一旦承诺而又不能实现的话，我就会厌恶自己。即便是为了避免这种自我厌恶情绪，我也必须重新拿起搁下的笔，履行对你的义务。

而且，我是愿意写的。即使不谈义务，我也想把自己过去的经历写下来。我过去的个人经历，也可以说是唯我独有的。如果在自己死前不分享给别人，未免有点可惜吧。我也多少有这样的想法。只不过，如果分享给那些不能理解我的人，倒不如把自己的经历与生命一起埋葬了为好。实际上，如果没有你这样一个人的话，我过去的经历终究只是归我所有，不会成为别人的间接经验。在几千万个日本人当中，我只想对你讲述我过去的经历。因为你是认真的，你曾说过，你想认真地从人生获得活生生的教训。

我要把人世间的阴影无所顾忌地笼罩到你的头上。但你不能害怕，你要注视着这片阴影，从中获取对自己有用的东西。我所说的“阴影”，当然是指伦理道德方面的阴影。我是一个在伦理道德的熏陶下孕育并成长的人。我的伦理道德观念也许和当今的年轻人大相径庭。即使它不正确，也是属于我自己的东西，而不是临时租借来的服装。因此，对于你这个前途大好的年轻人来说，应该还是有几分参考价值的。

你还记得吧，你常常和我争论一些关于现代思想的问题，你也知道我的态度吧。对于你的观点，我虽然不至于轻视，但也绝对说不上佩服。你的思想没有任何背景，而且你太年轻了，缺乏人生经历。我常常嘲笑你，而你总是在我面前流露出不满。最终，你逼迫我把过去的经历像画卷一样展现给你看。那时，我才从心底开始对你产生敬意。因为你表现出了决心，想要不顾一切地从我胸膛里抓住某种活生生的东西，想要剖开我的心脏，吮吸那流淌着的热血。那时我还活着，还不想死，所以就拒绝了你的要求，而另约他日。现在，我要剖开自己的心脏，让鲜血喷溅到你脸上。当我的心脏停止跳动时，如果你的胸膛里能孕育出新的生命，那我就心满意足了。

三

父母去世时，我还不到二十岁。记得我妻子好像对你说过，他们俩死于同一种病，而且几乎可以说是同时去世的——你当时听了还觉得很诧异呢。其实，父亲得的是可怕的伤寒，然后又传染给了在旁边看护的母亲。

我是独子，家里又有点钱，所以从小养成了无忧无虑的性格。每当我回顾过去，就会这么想：如果那时父母没有死，至少有一个活着的话，我那无忧无虑的性格一定会保持到今天吧。

父母走后，丢下我一个人茫然地活在世间。我没有知识，没有阅历，也没有辨别能力。父亲死时，母亲没能守在身旁。直到母亲临终，大家都没把父亲的死讯告诉她。至于母亲是已经觉察到，还是听信别人的话以为父亲正逐渐好转，我就不得而知了。她把后事全部托付给了我叔叔，指着站在旁边的我说："这孩子就拜托你了……"之前我已经得到父母同意，准备去东京求学。母亲似乎想顺便提一下这事。她刚说出"去东京……"时，叔叔就马上接过话茬，回答道："没问题，你尽管放心吧。"大概是因为母亲的体质比较能抗得住高烧，叔叔也向我夸赞说她"很坚强"。至于那算不算是母亲的遗言，我至今也没想明白。母亲当然知道父亲患的是什么可怕的病，而且也知道自己被传染了。但她是否断定自己会被这种病夺去性命，这一点很值得怀疑。而且，虽然母亲发高烧时说话条理清晰，但常常一说过就忘得一干二净，所以……但这并非问题所在。只不过，我当时已经形成了这样的性格——对某个事物，总喜欢刨根问底地分析，并从各个角度来回观察。关于这一点，我应该一开始就先提醒你一下：这些看似跟主题没什么关系的内容，也许反而是有用的。你就按这样的想法往下看吧。我的这种性格，在伦理道德上对自己的行为举止产生了影响，导致我后来越来越容易怀疑别人的道义之心了。毫无疑问，正是在这种性格的助长下，我才逐渐滑向了烦闷和苦恼的深渊。请记住这一点。

话一离题，就会很难理解，还是言归正传吧。我觉得，自己在写这封长信时，心态会比其他相同处境的人更从容一些。夜深人静时，电车的声响也停息了。不知不觉间，窗外隐约响起忧伤的虫鸣，那声调令人不由想起白露之秋。毫不知情的妻子在隔壁房间无忧无虑地睡着了。我手握笔杆，一笔一画地写着，笔尖沙沙作响。我面对信笺，心情反而十分平静。笔尖不时滑出格子外，我想这大概是因为很久没写字了，而不是由于心烦意乱才导致下笔潦草吧。

四

总之，我孤零零的一个人，只能按照母亲的嘱咐去投靠这位叔叔，除此之外没有别的办法。叔叔把一切都承担下来，悉心照料我，而且还安排我去向往已久的东京念书。

我来到东京，上了高中。那时候的高中生要比现在蛮横粗鲁得多。我有个同学，晚上跟一个工人打架，用木屐打伤了对方的头部。当时他喝了酒，和对方打得忘乎所以，结果被对方抢走了学生帽。帽子里面的菱形白布条上清清楚楚地写着他的名字。这下可麻烦了，差点儿被警察找到学校去。幸亏朋友们多方周旋，事情才总算没有闹大。如今你们这些在文明风气中长大的年轻人，听到这么野蛮的行径，肯定会觉得很荒唐吧。其实我也觉得很荒唐。然而，他们身上却有一种现在的学生所没有的质朴风气。那时候叔叔每个月寄给我的钱，要比你父亲现在寄给你的学费少得多。（当然，物价也不一样。）尽管如此，我却从来没有觉得不够用。而且，在众多同学当中，我的经济条件也并不差，不至于可怜到要去羡慕别人。如今回想起来，我反而觉得自己是属于被别人羡慕的吧。因为，我除了每月收到固定的汇款之外，还常常向叔叔要买书的钱（我从那时起就喜欢买书）以及一些临时费用，可以随心所欲地花钱。

我当时年少无知，不仅信任叔叔，而且还对他充满了感激之情，对他无比尊敬。叔叔是个企业家，还当上了县议会议员。大概因为这层关系，他好像在政界也认识人。他虽然是父亲的胞弟，但性格却与父亲截然相反。父亲是个老实人，规规矩矩地守护着祖传的家产。在兴趣爱好方面，喜欢品品茶、种种花，还喜欢读诗集。另外，对书画古董之类的东西好像也颇感兴趣。虽然父亲住在乡下，但古董商却经常从城里带些字画、香炉等玩意过来给他看——叔叔就住在城里，距离乡下大约十六里路远。总而言之，父亲可以算得上是个有钱人，是个有点高雅趣味的乡村绅士。因此，在性格方面，父亲与开朗豁达的叔叔很不一样。但兄弟俩的关系却特别要好。父亲经常称赞叔叔，说他远比自己更有能耐、更有出息。父亲还说：“像我这样继承家产的人，原有的才干难免会逐渐衰退。也就是说，无须在社会上打拼并不是一件好事。”这番话，我和母亲都听他说过。我觉得父亲说这话是想让我引以为戒。“你一定要好好记住。”父亲当时特意看着我的脸，所以我至今都还记得。父亲对叔叔如此信任和赞许，我又怎么可能对叔叔抱有半点疑心呢？我本来就为叔叔感到自豪，而父母去世后，各个方面都要靠叔叔照料，这时就不仅仅为他感到自豪，而是把他视为生命中不可缺少的人了。

五

我利用暑假时间第一次回乡下时，叔叔婶婶已经住进了我家房子里，成为那里的新主人。这是在我去东京之前就说好的。父母去世后，剩下我这个独子又不在家住，所以也只能这么办了。

那时候，叔叔好像跟城里的很多家公司都有来往。他笑道：“如果从业务方面来说，原先住在城里，要比住在十六里外的乡下房子里方便多了。”这句话，是父母去世后叔叔和我商量去东京前如何处置这座房子时说的。我家的房子颇有来历，在当地很有名。在乡下，如果一座有来历，而且有继承人的房子被拆掉或卖掉，那就算是一件大事了——你乡下也是这样吧？现在我当然觉得无所谓，但那时我还是个孩子，要到东京去，又要守住房子，真是一筹莫展，不知该如何处置。

无奈之下，叔叔只得答应搬到我家的空房子里去住。不过他说，自己城里那套房子也要照看，必须允许他两头跑才行。我当然没有异议。我心想，无论什么条件，只要能让我去东京就行。

稚气未脱的我离开故乡之后，内心仍然惦记着故乡的家，就像一个游子惦记着等待自己回去的家一样。尽管我是满怀憧憬地来到东京的，但每次一到放假，就迫不及待地想要回家。我用功学习、尽情游玩之后，常常梦见放假就可以回到故乡的那个家。

至于在我离家期间叔叔是怎样两头奔波的，就无从知晓了。我回到家的时候，叔叔全家人都住在我家房子里。孩子们平时要上学，可能都住在城里，现在因为放假了才带回乡下来玩。

大家见到我都很高兴。我看到家里的氛围比父母在世时更热闹、更欢快，心里也很高兴。叔叔把占了我房间的大儿子赶出去，让我住回原处。其实家里还有很多空房间，我说自己住别的房间也行。但叔叔却说："这是你的家呀。"执意不肯。

除了时而想念去世的父母外，我没觉得有什么不愉快的。和叔叔全家一起度过暑假之后，我又回东京去了。不过，这个夏天有一件事，却在我心里蒙上了一层淡淡的阴影——我才刚上高中，叔叔婶婶就一起劝我早点结婚，而且前后提了有三四次。一开始，我只是因为事情太突然而感到惊讶。第二次提起时，我断然拒绝了。到了第三次，我终于忍不住反问其缘由。他们的想法很简单：想让我早点娶媳妇，回来继承父亲的家业。而我那时觉得，这房子只要放假回来住一下就可以了。继承家业，以及继承家业前需要先娶媳妇，这两件事从道理上都讲得通。我非常了解乡下的习俗，能理解叔叔的用意，而且也并不反感。可是，对刚刚到东京求学的我来说，这些事情仿佛离自己很遥远，就像用望远镜看到的一样。最终，我没有答应叔叔的要求，又离开家上东京去了。

六

我就这样忘掉了娶媳妇的事。看看自己周围的年轻人，好像没有一个是拖家带口的。大家都自由自在，感觉全是单身汉。如果深入了解的话，这些无忧无虑的年轻人中，或许有的已经在家里的安排下被迫娶妻成家。可我当时年少无知，没有觉察出来。而且，即便是这些有着特殊境遇的人，平时也会有所顾虑，尽量不提那些跟学生生活不搭调的家庭琐事吧。后来回想起来，我才意识到自己已经属于他们中的一员了，只不过当时浑然不觉，仍然像个孩子一样快乐地行走在求学的路上。

到了期末，我又捆好行李，回到父母长眠的乡下。和去年一样，在父母曾经生活过的家中，又见到了叔叔婶婶和孩子们的笑脸。在这里，我再次闻到了故乡的气息。对我而言，这气息依然亲切，而且还能为一学年以来的单调生活起到调剂作用。

这种气息从小陪伴着我成长。然而，就在这熟悉的气息中，叔叔突然又把娶媳妇的问题摆到我面前。他只是把去年的提议又重复了一遍，理由也和去年一样。不过，去年提起这事时还没有明确的目标，而这次却给我物色了一位对象，于是我就更愁了。其实，给我找的这位对象就是叔叔的女儿，即我的堂妹。叔叔说："你娶了她的话，对双方都好。你父亲生前也这么说过。"我也觉得这样做对双方都好，而且父亲也确实有可能对叔叔说过这种话。可是，我之前却一直被蒙在鼓里，直到现在听叔叔说了才知道。所以我一时感觉很惊讶。虽然惊讶，但也明白叔叔的提议无可厚非。也许我是个粗心之人，但更主要的，恐怕还是因为我对这位堂妹不上心吧。我从小就经常去城里的叔叔家玩，而且还经常在那里留宿。那时就跟这位堂妹混得很熟。你也知道，兄妹之间的恋爱从来都不可能成功。这是一个公认的事实。至于原因嘛，我想当然地认为，朝夕相处而关系过于亲近的男女之间，会失去新鲜感，从而缺乏恋爱所需要的刺激。正如焚香的开始瞬间最清香怡人、品酒的入口瞬间最有味道一样，恋爱冲动在时间上应该也有这样一个瞬间。一旦漫不经心地错过了这一瞬间，随着双方变得越来越熟悉，亲近感也会逐渐增加，但恋爱的神经却逐渐变得麻木起来。我想来想去，始终无意娶这位堂妹为妻。

叔叔说："如果你反对的话，也可以推迟到毕业后再成婚。

但俗话说‘好事不宜迟’，我还是想尽早给你们摆喜酒。”既然对象不合我意，那么早办晚办也没什么两样。于是我又拒绝了。叔叔阴沉着脸，堂妹也哭了。她并非因为不能跟我在一起而感到悲伤，而是因为提亲遭到拒绝——这对一个女人来说是很难堪的。我心里明白，正如我不爱她一样，她也并不爱我。我又上东京去了。

七

我第三次回故乡，是时隔一年之后的夏初。我总是盼着期末考试快点结束，然后就逃离东京。因为我太想念故乡了。你也有过这种感觉吧——自己出生的地方呀，空气的颜色不同，土地的气息也很特别，而且到处都弥漫着父母留下的记忆。一年之中的七、八两个月，我置身其中，就像入洞的蛇一样安安静静地待着。这让我感到无比温馨和舒适。

我天真地以为，不必为与堂妹结婚的问题过于烦恼。我相信，不愿意就拒绝，只要拒绝掉就没事了。所以，尽管我没有屈从于叔叔的安排，却感到心安理得。过去一年以来，我也从没为这事烦恼过，仍然兴冲冲地回到了故乡。

然而，这次回来一看，叔叔的态度却变了。他没有再像往常那样亲切地把我抱在怀里。不过，我从小就养成了对什么事都满不在乎的性格，所以回家四五天后也没有觉察出来。只是偶尔碰到什么事，我才突然觉得有些不对劲。而且，不仅叔叔变了，婶婶、堂妹也变了，就连叔叔家的儿子也变了——他之前还写信向我询问，说中学毕业后打算报考东京高等商业学校。

在性格的驱使下，我不由陷入了思考。为什么我的心态变成了这样？不，应该问，为什么他们变成了这样？我怀疑，莫非是已经过世的父母突然为我擦亮了浑浊的眼睛，让我一下子看清了社会？我在内心深处相信，父母虽然已经离开了这个世界，但他们仍然和生前一样爱着我。我那时并非不谙事理，但祖先遗传下来的迷信思想却根深蒂固地潜藏在血液中，而且残留至今。

我独自一人来到山上，跪在父母的坟墓前，心中充满了哀悼和感激之情。我仿佛觉得，躺在这冰冷墓碑下的父母手中还掌握着我未来的幸福。我祈求他们保佑我。也许你会嘲笑我吧。那就随你嘲笑好了，因为我本来就是这样的人呀。

我的世界完全变样了。其实，我并不是第一次有这种感觉。大约在我十六七岁，头一次发现世上原来还有这么美丽的东西时，也曾经无比惊讶。我无数次地怀疑过自己的眼睛，无数次地擦拭自己的眼睛，心里暗暗惊呼："啊，太美了！"十六七岁，正是所谓少男少女情窦初开的年龄。情窦初开的我，开始意识到女人的存在——她们代表着世上最美丽的东西。在那之前，我从来没有意识到异性的存在。我忽然眼前一亮，从此我的天地变得焕然一新。

我发现叔叔的态度变化时，那种感觉也完全一样，是突然发现的。没有任何预感和准备，突然就来了。在我眼中，他们全家人突然变得跟以前完全不同了。我非常惊讶，并且开始担心：照这样下去，自己今后该怎么办呢?

八

我忽然冒出一个念头：应该弄清楚委托叔叔打理的家产，否则有点对不起过世的父母。叔叔总是说他很忙，而且确实每天晚上都居无定所。常常是回家住两天，然后又到城里住三天，两头来回跑，每天都行色匆匆。“太忙了”这句话几乎成了他的口头禅。我没起疑心的时候，觉得他可能确实很忙。而且我还略带嘲讽地理解为：只有表现出忙碌的样子，才显得更时髦吧。然而，当我想花点时间和他谈谈财产问题的时候，难免会觉得他是为了避开我才故意假装这么忙碌。我一直没找到和他谈话的机会。

我听说叔叔在城里包养了情妇。这是以前的中学同学告诉我的。对这位叔叔来说，包养情妇本来不足为奇。但令我惊讶的是，父亲在世时，我竟然从来没有听说过。那位同学还跟我讲了很多关于叔叔的传闻。其中有一件是这样的：有段时期大家都认为他的公司就快破产了，但这两三年又突然兴旺起来。这件事强烈地加深了我的怀疑。

我终于和叔叔开始谈判了。“谈判”这个词也许不太妥当，但如果是从事态发展来看，自然也只能用这个词来形容了。叔叔总想把我当成小孩子糊弄，而我则一开始就对他充满怀疑，所以肯定是不可能圆满解决的。

很遗憾，我现在急于写后面的事情，没法把谈判的经过详细地写出来了。其实，还有比这更重要的内容等着我去写，我好不容易才控制住早就想滑向那里的笔尖。我已经没有机会和你面对面地慢慢聊天了，可我又不习惯写字，何况现在已经时日无多，所以只能把一些想写的内容也略去不写。

你还记得吧，我曾经跟你说过："世上并没有谁生来就是坏人。很多好人一到关键时候就会突然变成坏人，所以千万不能大意。"当时，你说我太激动了，还问我："好人在什么情况下会变成坏人呢？"我回答说"钱"的时候，你显得很不满。我至今还记得你那不满的神情。现在我可以告诉你，当时我就是想起了这位叔叔。我对他充满憎恨，把他视为"普通人为了钱而突然变成坏人"的例子，视为"世人皆不可信"的证明。对想要深入探究思想的你来说，我的回答也许太老套了，无法令你满足。但对我来说，这个回答却是活生生的现实。当时我就越说越激动了。我相信，与其头脑冷静地陈述崭新的观点，不如语气激烈地诉说寻常的道理，那样更有意义。因为人的身体是通过血气运行的，语言不仅能使空气产生波动，还能更强烈地作用于强大的事物。

九

简而言之，叔叔侵吞了我的财产。在我去东京的这三年间，他轻而易举地得手了。我把全部财产交给叔叔打理而毫不介意，从世俗的眼光来看，就是一个大傻瓜。如果从超越世俗的层面来看，或许也可以说我是个单纯而可贵的人吧。回顾当时的自己，我就为自己过于老实而懊悔不已，恨自己为什么不生来就是坏人。但与此同时，我又希望自己能重新回到原点，按自己的本性生存。请记住，你所认识的我，早就已经被尘世玷污过了。如果把被尘世玷污多年的人称为“前辈”，那么我确实算是你的前辈吧。

假如当初我按照叔叔的提议和他女儿结了婚，那么我真的会在物质方面获利吗？这个问题不用想都能明白。叔叔非要把女儿嫁给我，其实是他设下的计谋。他向我提亲，根本不是为了两家交好，而是出于卑鄙的利欲之心。我只是不爱堂妹，并不讨厌她，但过后一想，拒绝了这门婚事多少能让我心里痛快一些。其实，无论我娶不娶她结果都免不了被侵吞财产，但从受骗方式来说，我不娶堂妹，没能让叔叔的伎俩得逞，至少也算坚持自我了。然而，这完全是微不足道的小事。尤其对于你这个局外人来说，一定会觉得我这份固执太可笑了吧。

其他亲戚介入了我和叔叔之间的谈判。对于这些亲戚，我也完全不信任。不仅不信任，甚至抱有敌视情绪。当我发现叔叔欺骗我时，就断定其他人也一定会欺骗我。连父亲赞不绝口的叔叔尚且如此，更何况其他人呢——这就是我的逻辑。

尽管如此，他们还是整理出了属于我的全部家产。按现金估价，比我预计的少很多。我只有两个办法可以选择：要么默默地接受，要么就和叔叔打官司。我非常气愤，却又不知道该怎么办。如果要打官司，我担心要拖很久才有结果。而且我还考虑到自己正在念书，作为学生，被剥夺掉宝贵的时间是非常痛苦的。权衡之后，我决定委托住在城里的中学时期的老同学，把我拿到的那部分家产全部变卖成现金。老同学劝我说这样做会很亏的，但我并没有听。那时我已经下决心要永远离开故乡。我在心里发誓永远不再跟叔叔见面。

离开故乡之前，我又到父母的坟墓前祭拜了一次。从那以后，我就再也没有见过他们的坟墓了。恐怕永远也没有机会再见到了吧。

老同学按我的意思照办了。不过，那是我到东京很久之后才办妥的。想卖掉乡下的地其实并非易事，而且又担心买主乘人之危不给钱，所以最终我拿到手的钱比市价低了很多。坦白地说，我的财产就只有离家时揣在怀里的若干公债券，以及后来老同学汇过来的这笔钱。毫无疑问，父母的遗产肯定是大打折扣了。而且又不是我主动不要的，这让我觉得更加郁闷。不过，要维持一个学生的生活还是绰绰有余的。说实话，后来我连这笔钱的利息的一半都没用完。这种阔绰的学生生活，却使我陷入了意想不到的境况。

十

既然手头宽裕，我就想搬出嘈杂的宿舍，另置一处新房。但这样也有麻烦，既要购置生活用品，又要雇个管家婆子照顾我——而且这个管家婆子必须是个老实本分之人才行，即使我没在家也不用担心。所以，这事要做起来还不太容易。有一天，我偶然冒出个念头：不如先去找找房子吧。于是就当作散步，从本乡台[1]往西走下去，然后沿着小石川[2]的坡道直接往传通院[3]方向走去。那条路后来通了电车之后，已经变得面目全非。而那时候，左边还是炮兵工厂的土墙，右边是一片分不清是原野还是丘陵的空地，到处荒草丛生。我站在草丛中，漫不经心地望着前面的山崖。现在那里的景色依然不错，但那时西侧的风景更是别有情趣。光是那片一望无际的茂密绿荫，就能使人感到心旷神怡。我忽然想，说不定这附近有合适的房子呢。于是就马上横穿过草地，沿着小路向北走去。那一带直到现在都没完全改建好，还有很多破旧房子，而在当时就更是又乱又脏了。我穿过街道，拐入巷子，到处转来转去。最后，我向一家点心铺的老板娘打听："这附近有没有小巧舒适的出租屋？""嗯……"她侧着

1　东京市文京区的一个町名，因为比东京旧市区大部分地方地势高，且多台地，因此也被称为本乡台。东京大学本部即位于本乡台东北部地区。因此"本乡"常作为东京大学的别称。——编者注

2　位于东京都文京区。是知名的净土宗寺庙源觉寺、传通院的所在地，文化氛围浓厚，石川啄木、幸田露伴等文化名人曾在此居住。——编者注

3　位于日本东京的净土宗寺院。——编者注

头想了一会儿，“出租屋嘛……”好像完全没有头绪。我很失望，正准备回去时，她又问道：“在别人家里寄宿行不行？”我听了有点心动。一个人寄居在安静的人家，不用购置各种用品，倒是省去了很多麻烦。于是我就在这家点心铺里坐下来，向她打听详细情况。

据老板娘说，那家是军人家属——确切地说是遗属。男主人好像是在日清战争[1]中阵亡了。大约一年前，她们住在市谷区的军官学校旁边。因为房子太大，又挨着马厩，就卖掉房子搬到这里来了。但因为家里人少，觉得冷清，就拜托老板娘介绍合适的人过来住。我从老板娘口中得知，那家人除了遗孀、独生女和女佣之外，再没有别人了。我心想，这么清静，正合我意。可我又有些担心，我这样一个来路不明的学生，突然跑到人家家里去，恐怕会遭到拒绝吧。我本来想算了，但转念一想，作为一个学生，我的穿着并不那么寒碜，而且还戴着一顶大学的学生帽。——你可能会嘲笑说，大学的学生帽有什么了不起的？可是，那时候的大学生跟现在不同，在社会上名声很好的。当时，我甚至从那顶四角帽子获得了一种自信。于是，我按照老板娘的指示，没经过任何人引见就直接找到那位军人遗属的家里去了。

我见到那位遗孀，说明了来意。她问了我的出身、学校、专业等各方面的情况，大概觉得比较放心吧，当即就对我说：“你可以随时搬进来住。”这位遗孀是个正直而爽快的人。我不由感

1 即中日甲午战争（1894—1895）。

到钦佩，心想，军人的妻子都是这样的吗？钦佩之余，我还有些诧异，这种性格的人怎么会害怕冷清呢？

十一

我很快就搬了进来，租下了第一次登门时和遗孀谈话的那个房间。这是整座房子里最好的房间。那时本乡一带陆续建起了很多高级公寓式的住宅，所以我知道一个学生能住得起的最好房间是什么样的。而我现在租到的这个房间，比那些还要漂亮得多。刚搬进来时，我甚至觉得一个学生住这样的地方未免太奢侈了。

房间大约十三平方米大小。壁龛旁边有一个橱架，檐廊对面有一个壁橱。虽然一扇窗子都没有，但朝南的檐廊却能照进明媚的阳光。

我搬进来的那天，看见房间的壁龛里摆着插花，旁边还倚靠着一把古筝。这两件东西我都不感兴趣。父亲生平喜好诗歌、书画、烹茶，耳濡目染之下，我从小就喜欢唐风趣味。也许因为这个缘故，我不知不觉地形成了鄙视这种艳丽装饰的习惯。

父亲生前收集的古董字画，大都被叔叔糟蹋得差不多了，不过多少还剩下一些。我离开故乡时，把它们寄存在中学时期的老同学那里，然后从中挑了四五幅好一点的，没有包装就塞在行李底下带走了。刚搬来时，我本来打算拿出来挂在壁龛里欣赏，但一看见这古筝和插花，就突然失去了勇气。后来我才听说这插花是为了向我表示欢迎而特意准备的，心里不由暗自苦笑。古筝倒是以前就一直放在这里，大概是找不到其他摆放的地方吧。

说到这里，你的脑海中肯定会浮现出一位少女的身影吧。其实，我还没搬进来时，好奇心就已经蠢蠢欲动了。不知是因为这种邪念使我变得不自然，还是因为我生性腼腆，第一次见到这家的小姐时，我连打招呼都结结巴巴的，而她也羞红了脸。

之前，我曾根据遗孀的相貌和态度来猜测她女儿的样子，但却没往好的方面想。我的猜测逻辑是这样的：既然军人的妻子如此，那么她的女儿也一定如此。然而，在见到她女儿的一瞬间，我的猜测就完全被推翻了。一种从未想象过的异性的清新气息沁入了我的头脑中。从那以后，摆在壁龛正中的插花再也不觉得讨厌，倚靠在壁龛旁边的古筝也不觉得碍手碍脚了。

那花快凋谢时，就会被及时地换上新的。古筝也不时被搬到檐廊拐角斜对面的房间去弹。我坐在自己房间的书桌前，双手托腮，听着琴声。至于琴技如何，我也听不出来，但好像没用什么复杂的技巧，估计弹得不算好，大概跟她插花的水平差不多吧。在插花方面，我还是比较在行的，可以看出她水平一般。

尽管如此，各种各样的花仍然堂而皇之地装饰着我的壁龛。不过，插花的样式却总是千篇一律，花瓶也从来没有换过。至于琴声，则更是不可恭维了，时常只听见琴弦叮咚作响，很少听到她唱歌。她倒也不是完全不唱，但声音小得像在说悄悄话似的。

而且，一被母亲说几句就不出声了。

我每天都愉快地望着那蹩脚的插花，听着那生涩的琴声。

十二

离开故乡时，我已经产生了厌世心理，觉得“别人不可依靠”的失望感已经深入骨髓。我仿佛把自己所仇视的叔叔、婶婶和其他亲戚视为人类的代表。甚至在坐火车时，我也开始暗中提防坐在旁边的人。如果有人跟我搭话，我就会更加警惕。我的心情很抑郁，时常感觉像灌了铅一样沉重。然而，如前文所说，我的神经却变得越来越敏感了。

我之所以到东京后想搬出宿舍，主要也是出于这个原因。别人可能以为我是因为不缺钱才想自己搬出来住，其实并非如此，以前我就算手里有些闲钱也不会这样自找麻烦的。

搬到小石川这边之后，我的紧张情绪却没有立刻缓解。我总是心神不定地东张西望，甚至连自己都觉得羞愧。奇怪的是，虽然我的头脑和眼睛没有一刻闲着，但嘴巴却恰恰相反，变得越来越沉默了。我时常默默地坐在桌前，像猫一样观察着家里人的举动，并小心翼翼地提防着她们。我为自己的举动感到内疚。我简直成了一个不偷东西的小偷，甚至厌恶自己。

你一定会觉得奇怪吧——我怎么还有闲心喜欢这家小姐呢？怎么还有闲心愉快地欣赏她那蹩脚的插花？怎么还有闲心

愉快地倾听她那同样蹩脚的琴声呢？你如果这样问，我只能回答说，我的这两种心理都是事实，所以只能如实地告诉你。至于怎么理解，就任你自由发挥啦。我只想补充一句，在钱的问题上，我不再相信任何人，但对爱情，我还没产生怀疑。所以，尽管别人觉得难以理解，而且我自己也觉得自相矛盾，但这两种心理却在我内心同时并存着。

我常常称呼这位遗孀为“夫人”，所以接下来我就不说“遗孀”，而改称“夫人”吧。夫人说我是个文静而踏实的人，还夸我学习用功。但对我那不安的眼神和心神不定的样子，她却从来没有提起过。不知道是没有发觉，还是不想直说，总之看上去她好像完全没有留意到。不仅如此，有一次她还夸我为人慷慨大方，语气中似乎带有几分敬意。那时还很诚实的我有些脸红，连忙否定了对方的话。夫人一本正经地解释说：“你自己没有意识到，所以才会这么说。”其实，夫人一开始并没打算把房间租给我这样的学生，而是委托邻居帮忙介绍在政府机关做事的房客。夫人似乎早就认为这类人薪水低，不得不在别人家里寄宿。她把想象中的这类房客和我作了比较，所以才夸我慷慨大方。确实，和那些生活节俭的人相比，我在花钱方面还是比较大方的吧。但这并非性格问题，和我的内心世界几乎毫不相干。而夫人基于女人特有的感觉，所以才用这个词来评价我的整个为人吧。

十三

夫人的这种态度自然对我的心情产生了影响。没过多久，我的眼神不再像原来那样慌张，我坐在书桌前的心情也变得踏实起来。总之，夫人及其家里人根本没有理会我那乖僻的眼神和疑虑重重的样子，这使我感到无比欣慰。我一向敏感的神经，因为没有受到对方的刺激而逐渐平静下来。

我觉得，夫人是个通情达理的人，所以才特意这样对待我。又或许如她所说，真的把我看成是一个大方的人了。因为我的小心眼只隐藏在心底，没有表露出来，说不定就这样把对方蒙蔽了吧。

随着心情逐渐平复，我开始和她们亲近起来，甚至能跟夫人和小姐开开玩笑了。有时候她们沏了茶，会请我过去喝；有时候我晚上买了点心，也会请她们过来一起吃。我忽然觉得自己的交际圈扩大了，为此也浪费了很多宝贵的学习时间。可奇怪的是，我竟然对这种妨碍不以为意。夫人本来就很清闲。小姐除了要上学，还要学习插花和弹古筝，想必会很忙。可出乎意料的是，她似乎也有很多空闲时间。于是，我们三人经常一碰面就凑在一起闲聊。

通常是小姐过来叫我。她有时从檐廊拐个直角，来到我的房门前；有时则穿过起居室，从隔壁房间的拉门后面出现。她每次来到都会稍停一下，然后叫我的名字，问一句："你在学习吗？"大多数时候，我总是把一本深奥的书摆在桌上，目不转睛地盯着。所以在别人看来，我俨然是个用功之人。但说实话，我并没有在专心读书，尽管眼睛盯着书页，心里却在盼着小姐来叫我。如果没等来，我就只好起身走到她的房门前，问道："你在学习吗？"

小姐的房间挨着起居室，大约有十平方米。夫人有时在起居室，有时在小姐的房间里。也就是说，这两间房之间虽然隔开了，却跟连在一起似的，母女俩来来往往，不分彼此。我在门外打招呼时，总是由夫人回答："请进。"小姐即便在里面也很少出声。

后来，有时小姐有事来我房间，也会顺便坐下来聊聊天了。每当这时，我心里就会莫名地感到不安。这种不安，并不仅仅是因为和年轻女子相向而坐的缘故。不知为什么，我总觉得心慌意乱。这种不自然的神态出卖了自己的内心，令我十分难受。然而，对方却很镇静，没有丝毫腼腆之状，甚至让我怀疑这真的是那个弹琴时不敢唱出声的少女吗？有时待的时间长了，母亲在起居室叫她，她也只是答应一声，迟迟不肯起身回去。当然，她已经不是个小孩子了，这一点我还是能看出来的。我甚至能看出她想故意表现给我看的痕迹。

十四

小姐走后，我才松了一口气。同时又似乎觉得有些失落，有些过意不去。也许我缺少了一种男子汉气概。尤其在你这个现代青年看来，更是如此吧。可那时候我们大都是这副德行。

夫人很少外出。即便偶尔出门，也不会只留下小姐和我两个人在家。我不知道这是偶然还是故意的。这话从我嘴里说出来可能不太合适——我仔细观察过夫人的举动，觉得她似乎有意让女儿和我接近，但有时候又暗暗地对我抱有戒心。我还是第一次遇到这种情况，心情自然十分郁闷。

我希望夫人能明确自己的态度。只要动脑筋想想，就会发现她的态度显然是自相矛盾的。然而，我对被叔叔欺骗的事还记忆犹新，现在难免疑心更重了。我揣测着夫人的态度到底哪个是真、哪个是假，但却难以分辨。不仅难以分辨，而且也不明白她为什么要做这种莫名其妙的事。我百思不得其解，最终只得勉强归咎于"女人"——反正女人就是这样的，反正女人就是这么愚蠢的。每当我想不通时，就会得出这样的结论。

虽然我如此轻视女人，但却无论如何都做不到轻视小姐。我的逻辑在她面前完全失去了作用。我对她怀有近乎信仰崇拜似的爱。我竟然把这个只适用于宗教的词语用在一个年轻女人身上，这也许会使你感到惊讶吧，但我至今仍然坚信不疑。我坚信真正的爱与宗教信仰并没有什么不同。每当我看到小姐的面容，就会觉得自己也变得漂亮起来；每当我想到她，就会觉得自己也立刻变得超凡脱俗。如果说“爱”这种奇妙的东西有两端——高的那一端是神圣感，低的那一端是性欲，那么我的爱无疑抓住了高的那一端的顶点。当然我也是人，难免对肉欲有着渴望。可是每当我看着她、想着她的时候，我的眼睛和内心却完全不带一丝肉欲。

我对那位母亲产生反感，同时却对她的女儿爱得越来越深。于是，我们三个人的关系比我刚搬进来时变得复杂起来。不过，这种变化几乎都藏在心里，没有表露出来。后来，一个偶然的机会使我发现，自己一直以来可能误解了夫人。我开始意识到，夫人对我的两种矛盾态度都不是虚假的，而且也并非交替占据着她的内心，而是同时在她心里并存着。据我观察，夫人有意让小姐尽量接近我，但同时又对我抱有戒心——看起来似乎有些自相矛盾，但她抱有戒心的时候并没有忘记或改变另一种态度，仍然希望我们俩接近。按我的理解，夫人大概是怕我们俩的亲密程度超过了她所认定的正当范围吧。其实，我对小姐并没有萌生过出于肉欲而接近她的念头，所以夫人的担心是多余的。不过，从那以后，我对夫人的反感就逐渐消失了。

十五

我综合分析了夫人的态度，确定自己在这个家里是得到充分信任的。我甚至还发现了从初次见面就得到信任的证据。这一发现，对开始怀疑别人的我来说，简直是一种意想不到的震撼。我认为，女人的直觉要比男人更灵敏。但女人经常被男人欺骗，原因也正在于此吧。我这样看待夫人，而自己却运用同样的直觉去揣测小姐，现在回想起来真是可笑。明明暗自发过誓不再相信别人，却又对小姐无限信任，而对于信任我的夫人，却又觉得不可思议。

我很少向她们提起乡下的事，关于那场变故更是只字未提。我只要一想起这件事就会感到不快。我想尽量听夫人说，但她却不答应，一有机会就问起我老家的情况。最后，我终于把事情一五一十地告诉了她们。当我说到“我再也不回去了，就算回去也一无所有，只有父母的坟墓”时，夫人似乎很感慨，小姐也哭了。我暗自高兴，觉得自己说出来是对的。

夫人听了我的经历之后，脸上的表情仿佛在说：“我的直觉果然没错。”从那以后，她待我就像对待自己的晚辈亲戚似的。而我不但没有生气，反而感到很高兴。可没过多久，我又起了疑心。

我开始怀疑夫人，是出于一些极其琐碎的小事。然而，当这些琐事积少成多时，我的疑虑就会变得越来越深。不知怎的，我忽然想到，夫人让她女儿和我接近，其用意莫非也和叔叔当初想把女儿嫁给我一样？这么一想，原先那么亲切的人，在我眼里顿时变成了狡猾的阴谋家。我愤懑地咬紧嘴唇。

夫人一开始就声明，因为家里人少，觉得冷清，所以才托人介绍房客过来住。我并没觉得她在撒谎。后来大家混熟了，她把很多详细情况告诉了我，我也觉得她说的是实话。然而，她们的经济状况还说不上很宽裕。如果从利益关系考虑，和我结成特殊关系的话，她们是绝不会吃亏的。

我又起了戒心。可是，我既然对她女儿如此爱慕，那么对母亲再怎么提防又有什么意义呢？我暗自嘲笑自己，甚至还痛骂自己太愚蠢。如果仅仅是这点矛盾的话，那么就算我再愚蠢也不会觉得有多么痛苦。我之所以感到苦闷，是因为我开始怀疑：莫非小姐也和夫人一样是个阴谋家？母女俩是不是在背地里合谋干坏事？一想到这里，我就痛苦不堪。这种心情，并非不愉快这么简单，而是一种走投无路的绝望感。可另一方面，我仍然对小姐坚信不疑。我就这样站在信任和疑虑的夹缝之间无法动弹。对我来说，这两者都是想象，又都是事实。

十六

我照常每天去上学。但我总觉得，老师在讲台上讲课的声音变得有些缥缈。看书也是如此，映在眼里的字还没渗透到心底就像轻烟一样消散了。而且，我开始变得沉默寡言。有两三个同学误以为我在闭目沉思，还告诉了其他同学。我无意辩解，甚至暗自庆幸——多亏他们给我戴上了这么一副严丝合缝的假面具。尽管如此，我还是经常感到心里不安，有时会突然闹腾起来，吓他们一跳。

我寄宿的这户人家很少有人出入，亲戚好像也不多。小姐的同学偶尔来家里玩，但通常都是轻声细语地说会儿话就回去了，甚至分不清有没有人来过。我竟然没有意识到她们是怕吵到我。而来找我的同学嘛，虽然也不算很粗鲁，但却没有一个人考虑到会不会影响房东她们。由此看来，我这个房客俨然成了主人，而小姐反而沦为房客了。

其实，这些都是无关紧要的小事，我偶然想到就随便写下来的。但也发生过一件不太寻常的事。有一天，从起居室或小姐的房间里突然传来了男人的说话声。跟平时来找我的同学不一样，那嗓门压得很低，根本听不清在说些什么。越听不清，我的神经就变得越紧张。我开始坐立不安，心里猜测着，那是她们的亲戚还是一般的熟人？是年轻人还是老年人？然而，光坐在自己房间里是无法知道的，可是又不能走过去打开门看个究竟。我的神经与其说是在颤抖，不如说是在剧烈波动，使我备受煎熬。客人走后，我自然不会忘记打听他的名字。小姐和夫人回答得很简单。我面露不满，却又没有勇气追问到底。当然，也没有权利。我从小受到的“注重品格修养”的教育使我形成了强烈的自尊心，但这种自尊心此刻却遭到了我的贪婪表情的背叛——我把这两者同时展现在她们面前。她们笑了。那笑容并没有嘲讽的意思，至于是出于善意还是假装表现出善意，我却无心去分辨了，因为我当时已经心浮气躁。事情过后，我又无数次地在心里嘀咕着，我到底是不是被她们愚弄了呢？

我是自由之身，无论想要中途辍学，还是想去哪里、如何生活、和谁结婚，都不需要跟别人商量。我曾经多次下过决心，想鼓起勇气让夫人把女儿嫁给我。可是每次都犹豫不决，最终还是没有说出口。我并不是害怕被拒绝。假如被拒绝，我的命运不知会如何变化，但却有机会站到跟以前不同的方向，看到一片新天地。这点勇气还是拿得出来的。然而，我却最讨厌被人诱骗，最痛恨落入别人的圈套。遭受过叔叔的欺骗之后，我决心无论如何都不能再被别人骗了。

十七

夫人见我只顾买书，就劝我添置几件衣服。实际上，我的服装都是乡下的土布货。那时候的学生还不穿绸布衣。我有个同学，家里好像是在横滨[1]经商，生活很阔绰。有一次，家里给他寄来一件纯白纺绸衬袄，大家见到都取笑他。他很难为情地辩解了一番，然后把衬袄塞到行李箱底下，不穿了。结果大家又围上来起哄，非让他穿不可。他拿出来一看，那件衬袄上竟然爬满了虱子，真是太倒霉了。但他却庆幸找到了借口，把这件大受“好评”的衬袄卷成一团，趁出去散步时顺便扔到了根津[2]一带

1　位于日本神奈川县东部，地处东京都心西南约30至40公里处，东临东京湾。为神奈川县内最大的都市，也是日本人口最多的市。日本著名的港口城市，旅游业也十分发达。——编者注

2　是东京都文京区的一个町名。曾经是日本著名的花街之一，明治时期由于临近东京大学，这些店铺大都被勒令搬迁。——编者注

的泥沟里。当时我也在场，站在桥上笑嘻嘻地看着他的举动，心里竟丝毫没有觉得可惜。

那时我也算是个成年人了，但还不懂得要为自己添置些像样的衣服。我的想法比较奇怪，总觉得到毕业后留胡子了再考虑服装问题也不迟。所以就对夫人说："书不能不买，而衣服不买也行。"夫人知道我买了很多书，就问道："你买的书都看吗？"我买的书里头有辞典，还有一些应该会看但暂时还没翻开过的书，所以不知该如何回答。我忽然意识到，其实书也和衣服差不多，都会买一些用不上的东西。我想以"感谢她们的照料"为借口，给小姐买些她喜欢的和服腰带或布料什么的，于是就拜托夫人去买。

夫人却不肯自己一个人去，非要拉上我一起，还说小姐也要去。那时和现在的成长环境不同，我们这些当学生的没有和女孩子一起逛街的习惯。我那时还是旧习俗的奴隶，所以犹豫了好一会儿才硬着头皮出门了。

小姐精心打扮了一番，白皙的脸上又涂抹了一层厚厚的白粉，于是更加引人注目了。街上的行人都盯着她看，然后又把视线移到我脸上，让我觉得很尴尬。

我们三人来到日本桥[1]，购买所需物品。挑选东西时经常改变

1　位于日本东京都中央区，最早由将军德川家康下令修建，是日本最早的道路规划网的起点。如今的日本桥是1911年重建的一座石造二连拱桥，在1999年被日本政府列为国家重要文化财产。广义上指以日本桥为中心的区域，是东京最重要的商业圈和金融区之一。——编者注

主意，结果比预计时间耽搁了更久。夫人还特意叫我名字，征求我的意见。她有时还把布料从小姐肩上竖着搭到胸前，让我后退两三步看看。我每次都装作内行似的评价说“这个不好看”或“这个很漂亮”。

就这样过了大半天，要回家时已经到晚饭时间了。夫人说请我吃顿饭以表谢意，就带我来到一条名为“木原店”的小巷子，这里还有说书场。巷子很狭窄，饭馆也很小。这一带对我来说是个陌生地方，而夫人却这么熟悉，令我感到惊讶。

晚上我们才回到家。第二天是星期日，我一整天都待在房间里。星期一回到学校时，一大早就有个同学故意打趣说：“你什么时候娶的媳妇呀？”接着又夸我的媳妇是个大美女。那天我们三人在日本桥逛街时，可能被这家伙撞见了吧。

十八

回家后，我把这事告诉了夫人和小姐。夫人笑了，看着我说道：“你肯定觉得很尴尬吧。”当时我心想，男人就是这样被女人试探心意的吗？夫人那意味深长的眼神难免会让我这么想。也许我应该直截了当地说出自己的真实想法，但我心里却仍抱有疑虑，结果把刚到嘴边的话又咽了回去，还故意岔开了话题。

我把自己从当事人的位置上抽离出来，探听夫人对小姐婚事的意向。夫人明确地告诉我：“倒是有两三家来提亲的。但考虑到女儿年纪还小，还在念书，所以并不着急。”夫人虽然没有明说，但显然对她女儿的容貌格外看重，甚至还透露说，只要她愿意的话，随时都能把女儿的婚事定下来。另外，她只有这么一个独生女，所以也舍不得这么快把她嫁出去。听那语气，甚至还没想好是要把女儿嫁出去还是招上门女婿。

在谈话过程中，我觉得自己从夫人那里了解到了很多情况。然而也正因如此，我错失了机会。最终，我连一句话都没有提到自己。看聊得差不多了，我就打住话头，准备回房间去。

小姐刚才一直坐在我旁边，还笑着说“真讨厌”什么的。可不知什么时候，她已经走到对面的角落里，背对着我们。我转过身要走时看见了她的背影。光看背影，没法看透一个人的内心。我不知道她对这个问题是怎么想的。她坐在橱柜前，从打开一尺多宽的柜门里取出什么东西，放在大腿上端详着。从橱柜缝隙边，我看见了前天买回来的布料——我的衣服和她的一起叠放在橱柜里。

我正准备默默地离开时，夫人忽然一本正经地问道：“你是怎么想的？”她问得那么突兀，以至于我不得不反问一句：“什么怎么想的？”我总算明白过来，她是想问我尽早把小姐嫁出去好不好，于是就回答道：“还是慢慢来为好吧。”夫人说她也是这么认为的。

正当夫人、小姐和我的关系发展到这个程度时，另一个男人不可避免地走了进来，成为这个家庭中的一员。我的命运从此发生了重大的变化。假如没有这个人闯入我的生活轨道，也许我就没有必要给你写这封长信了。我漫不经心地看着魔鬼在自己面前走过，根本没有意识到那一瞬间的黑影将使我的一生变得黯淡无光。坦白地说，是我自己把他拉到家里来的。当然，必须先得到夫人的同意，所以我一开始就毫无隐瞒地向夫人说了。但夫人却表示反对。我觉得让他搬进来的理由很充分，倒是夫人显得理亏了。于是，我就固执己见地做出了决定。

十九

在这里，我暂且用“K”来称呼这位朋友。我和K从小就很要好。既然是“从小”，那自不必说，当然是同乡了。K是真宗[1]和尚的儿子，但不是长子，而是次子，所以被送到某个医生家里当养子。在我乡下那边，本愿寺派[2]很有势力，所以真宗和尚在物质方面会比别人优越一些。比如说，真宗和尚有个女儿，到了出嫁年龄时，施主们就会商量着为她找个合适的婆家。当然，费用也无须她父母掏腰包。所以真宗和尚大都很有钱。

K的亲生父母家里也比较宽裕。至于有没有条件把次子送到东京上学，就不得而知了。另外，是否为了供他上学才送给别人当养子的，我也不大清楚。总之，K被送到医生家当养子。那是

1 即净土真宗，日本的佛教流派之一，由亲鸾创立于镰仓初期。日本的和尚允许娶妻生子。

2 净土真宗十派之一。

我们还在念中学时的事。我至今还记得，老师在教室里点名时，我听到K突然改了姓，不由大吃一惊。

K的养父家也很有钱。K就是靠养父出学费来东京上学的。我们不是一起来的，但一到东京后就住进了同一个宿舍。那时候，一间房里通常会住两三个人，并排摆放着桌子，一起学习和生活。我和K两人同住一个房间。我们活像是从山里捉来的动物，在笼子里互相偎依着，怒视着外面。我们对东京和东京人感到畏惧。然而，在十平方米大的房间里，我们却高谈阔论，睥睨天下。

但我们是认真的，我们确实觉得自己能出人头地。特别是K，性格十分要强。出生于寺院的他常把“精进”[1]一词挂在嘴边。在我看来，他的所有行为举止都可以用“精进”这个词来形容。我心里一直对他怀有敬畏之感。

从中学时开始，K就经常提出各种玄乎的宗教、哲学问题，把我折磨得够呛。不知道是受他父亲的影响，还是受到成长环境——寺院这种特殊建筑氛围的影响，总之他似乎比一般的和尚更像和尚。本来K的养父家是打算让他到东京学医的，但固执的他却抱定不当医生的决心来到东京。我责问他：“这不就等于欺骗你养父养母吗？”他坚定地回答：“是的。为了求道，这样做也无所谓。”当时他所说的“道”，恐怕连他自己也不明白是什么意思，当然更不用说我了。然而，对年轻的我们来说，这个晦

1　原为佛教用语，指专心修行、毫不懈怠，也泛指努力学习之意。

涩的词语却显得无比神圣。尽管不明白它的意思，可是我们内心却被一种崇高感所占据，向着它勇往直前。当然，我们无法意识到这种热情之中隐藏着卑鄙。我支持K的观点。我不知道我的支持对他有多大影响，我只知道即使我反对，他也会义无反顾地按自己的想法去做。不过，万一出什么问题，我这个支持派也多少有点责任。我虽然年幼无知，但这个道理还是明白的。即使我当时没有这样的思想觉悟，但后来用成年人的视角回顾过去时，也必须说我是以愿意承担相应责任的语气对K表示支持的。

二十

K和我在同一个院系。他一边若无其事地花着养父家寄来的钱，一边走上了自己喜欢的道路。我只能认为，他内心笃定地认为“不会被发现”，而且还大胆地觉得“即使被发现也无所谓”。他比我更淡定。

头一个暑假，K没有回家。他说要在驹込[1]的某座寺院里租一间房来读书。我从乡下返回东京时已是九月上旬，看到他果然躲进了大观音旁那座肮脏的寺院，住在紧挨着正殿的一个小房间里。看上去，他很享受在这里尽情读书的日子。我觉得他过得越来越像个和尚了。他的手腕上挂了一串念珠。我问他这个有

1 东京市丰岛区的一个町名，位于丰岛区北部，靠近本乡台。——编者注

什么用，他就用拇指一颗一颗地拨动念珠，数给我看。想必他每天都会这样数无数遍吧，可我却不知道这有什么意义。串成一圈的念珠，一颗一颗地数下去，永远也没有尽头。他那拨动念珠的手，会在什么地方、以怎样的心情停下来呢？我时常琢磨着这个无聊的问题。

我还在他的房间里发现了《圣经》。以前常常听他说起一些佛经的名字，但却从来没有提到过基督教，所以有些惊讶。我忍不住问他为什么看《圣经》，他说不为什么。不过又说："这么受人推崇的书，当然要读一下吧。"他还说："如果有机会，还想看看《古兰经》。"他似乎对"穆罕默德的宝剑"[1]这个词语很感兴趣。

第二年夏天，在家里的催促下，他总算回去了。但回去后好像也没提起学业方面的事，而家里人也没有留意。你是念过书的人，自然了解这些情况，但社会上对于学生生活和学校规则却无知得可怕。我们觉得理所当然的事，外面的人却一无所知。而我们整天呼吸着学校内部的空气，往往又以为社会上的人对学校里的事情无所不知。在这方面，K应该比我更清楚吧。他又若无其事地返回东京。我和他一起回去的。一上火车，我就问他情况如何。他回答说没什么事。

第三年夏天，也就是我决心永远告别父母坟墓的那一年，我劝K回家，他却不肯，说："每年都回去有什么意思呢？"似

1　据说穆罕默德在传教时总是带着《古兰经》和剑。

乎又想留下来读书。我只好独自离开东京。关于我在乡下那两个月所经历的人生巨变，前面已经讲过，这里就不再赘述了。到了九月，我怀着满腔的愤懑、忧郁和孤独回到东京，又见到了K。不料他的命运也和我一样发生了变故。——我不在的这段日子，他给养父家写了一封信，主动交代了自己的欺骗行为。其实他从一开始就决心要坦白的。这样做，大概是想让养父在既成事实面前说："事到如今也只能由你了，你想学什么就学什么吧。"或许，他不想在大学期间还一直欺骗养父养母。又或许，他意识到欺骗终究不是长久之计吧。

二十一

养父看了K的来信后，非常生气，立刻回了一封信对他严加斥责，并说不能再给欺骗父母的不肖之子寄学费了。K把信给我看了，然后又把随后收到的亲生父亲的来信也拿给我看。这封信同样充满了训斥之词，而且语气更加激烈，说自家这边也不会再管他了，大概是因为他们觉得在情理上愧对养父母吧。出了这事之后，K是恢复原籍，还是采取妥协的办法继续留在养父家，这是下一步考虑的问题。眼下的当务之急，是必须解决每个月的学费。

我问K对此有什么打算，他说打算去夜校当老师。那时候的社会环境要比现在宽松得多，找份兼职并不如你想象得那么难。我觉得K是完全可以养活自己的。不过，我也有责任。——当初K想要违背养父期望而走自己选择的道路时，我表示了支持，所以现在不能袖手旁观。我当即说可以向他提供物质上的帮助，但他却一口回绝了。以他的个性，大概会觉得自食其力要比依靠朋友帮助更惬意吧。他说："上了大学还不能养活自己，那算什么男子汉呢！"我不忍心为了尽自己的责任而伤害他的自尊心，所以就放手任由他去。

不久，K如愿找到了一份兼职。但可想而知，这份工作对珍惜时间的他来说是多么痛苦了。他像往常一样努力学习，没有丝毫懈怠，同时又背上了新的负担，勇往直前。我担心他的身体吃不消，但性格要强的他却只是一笑了之，并不理会我的提醒。

与此同时，K和养父家的关系闹得越来越僵。他在课余还要做兼职，没有闲暇时间再像往常那样和我聊天，所以我一直没有机会听他细说，只知道问题越来越难解决了。我还听说有人尝试从中调解，写信让K回家一趟，可是K却觉得没有希望，不肯回去——他推说平时要上课，没法回去。而在对方看来，这种态度太倔强了。这显然也导致了事态越来越严重。他不仅伤害了养父家的感情，而且还惹怒了自己的亲生父亲。我为他感到担忧，写了封信想给他们说和说和，可这时已经无济于事了。我的信如同石沉大海，连一句回音都没有。我也来气了。我原本就对K抱有同情，这下更是决意要支持K，无论他是否有理。

最终的结果，是K恢复原籍，养父家之前出过的学费由他亲生父亲赔偿。可是，他的亲生父亲也表示不会再管他——按以前的说法，就是断绝父子关系吧。也许没这么严重，但他本人是这么理解的。K的母亲早就过世了，他从小跟着继母长大，这显然对他的性格也造成了一定影响。我想，假如他母亲还在的话，他和家里的关系可能就不至于闹得这么僵。他父亲虽然是个和尚，可我总觉得，在注重情理这方面倒有点像武士的做派呢。

二十二

K的这场风波告一段落之后，我收到他姐夫寄来的一封长信。K曾经告诉过我，他的养父其实是这位姐夫的亲戚，所以，无论是当初介绍他去当养子的时候，还是后来恢复原籍的时候，这位姐夫的意见都很重要。

这封信里写着："K后来怎么样了？快告诉我。"还补充说："他姐姐很担心，请你尽快回信。"比起继承寺院的哥哥，K更喜欢这位已经出嫁的姐姐。他们虽然都是亲姐弟，但姐姐的年纪比K大很多，所以K从小就觉得这位姐姐比继母更像亲娘。

我把信给K看了。他沉默了一会儿，然后告诉我说，他也收到姐姐寄来的两三封信，意思大致相同。K每次回信都劝她不必担心。可惜这位姐姐运气不好，嫁到一户生活拮据的人家，就算她同情弟弟，也无法提供物质上的帮助。

我给K的姐夫写了封回信，同样也是让他们不必担心。我还在信中慷慨陈词："万一出现什么情况，我会全力相助的，请放心好了。”当然，这只是我的一厢情愿。我这么写，一方面固然是出于好心，想安慰一下为K的将来感到担忧的姐姐；另一方面，也想对K的亲生父亲和养父家逞逞能——他们除了蔑视我之外，简直一无所长。

K在大学一年级的时候恢复了原籍，之后到二年级中段的这一年半时间里，他都是靠自己一个人养活自己的。但过度的劳累显然已经开始影响到他的精神和健康。当然，是否要离开养父家的问题也困扰着他。他渐渐变得多愁善感，有时还悲叹道：“我一个人背负着世上所有的不幸。”我一提出反驳，他就立刻变得很激动。他焦躁不安，似乎觉得自己眼前的光明正逐渐黯淡下去。通常来说，刚进大学的时候，每个人都是胸怀远大的抱负踏上新的征程。然而，随着时间一年一年地过去，快到毕业时，却突然发现自己毫无长进。这时，一大半人都会感到失望。这原本不足为奇，K也是如此，只不过他的焦虑程度比一般人严重得多。我心想，眼下最重要的是要让他的心情平静下来。

我劝他不要再去做兼职了，并建议说：“现在应该好好放松一下，休养身体。从长远来说，这样才是上策。”我虽然早就预料到K这么固执的人不会听我的，但实际开口劝说，才发现比预想的更费劲，简直拿他没辙。K坚持认为：“自己的目的不在于做学问，而在于磨炼意志、成为坚强的人。为此，必须尽量使自己处于困境之中。”在一般人看来，这简直是奇谈谬论。而且，他的意志并没有在困境之中变得坚强起来，反而患上了神经衰弱。无奈之下，我只得在他面前装出一副深有同感的样子，甚至还明确表态："我也打算朝着这个目标前进。"（其实，这句话并非信口胡言。K对我的影响力还是很大的，耳濡目染之下，我也渐渐沉浸于其中了。）最后，我还提议要和他一起住，一起在求道之路上前行。为了说服这个固执的人，我甚至在他面前下跪了，好不容易才把他带回我的住处。

二十三

我的房间附带一个类似于候客室的小房，大约六七平方米。进家门后，必须先经过这个小房，然后才能到我的房间来。所以，从实用角度来看，这间小房极其不方便。我就让K住在这里。本来，我想在自己房间摆上两张桌子，和K一起住，隔壁小房则两人共用。K却说地方小点也无所谓，还是分开住为好，于是他就选择了那间小房。

前面说过，夫人一开始是不赞成我这样做的。她说："如果是开旅店的话，多住一个人当然能多赚一些。但我这里又不是旅店，还是尽量别带人来为好。"我说："没事的，这个人绝不会给你添麻烦的。"夫人答道："就算不会添麻烦，我也不想收留一个根本不了解的人。"我反问道："你当初对我也不了解呀，不也收留了吗？"夫人继续辩解道："你的为人嘛，我从第一眼就看出来啦。"我不由苦笑。接着，夫人又换了个理由："带那个人回来，可对你没好处哟。"我问为什么对我没好处，这次倒轮到她苦笑了。

其实，我本来也没有必要非和K住在一起。我只是考虑到，如果直接向他提供每个月所需要的钱，他一定不愿意接受。他是一个独立性很强的人。所以，我才把他带过来一起住，并打算瞒着他把两个人的伙食费偷偷交给夫人。不过，关于他的经济状况，我并不打算告诉夫人。

我只提了一下K的身体状况，并说："如果再让他一个人待着的话，性情会越来越古怪的。"然后，我还把K和养父闹翻、和亲生父亲断绝关系等情况告诉了夫人。"我就像抱着一个溺水之人，用自己的体温去温暖他——我是以这样的决心收留他的。请你们也关心他、照顾他吧。"我恳求夫人和小姐。话说到这份上，夫人才终于同意了。但我并没有告诉K，他对此毫不知情，慢腾腾地搬了进来。我倒是很有满足感，若无其事地迎接他。

夫人和小姐热情地帮他收拾行李，忙前忙后。我认为她们这么做是出于对我的好意，心里暗自高兴，尽管K仍然一直绷着脸。

我问K搬到新居后感觉如何，他只回答了一句"还行"。在我看来，这岂止是"还行"。他之前的住处是朝北的，湿气很重，很肮脏，而且伙食也和住处一样差。从那种地方搬到我这里来，可谓是"出自幽谷，迁于乔木"。他之所以不表露出来，一是因为他性格要强，二是因为他的一贯主张——像他这样在佛教教义熏陶中长大的人，总觉得衣食住行上的奢侈浪费是不道德的。他稍读过几本古代高僧、圣徒的传记，养成了一种坏习惯——动不动就要把精神和肉体割裂开来，有时甚至觉得鞭挞肉体能够增加灵魂的光辉。

我采取的方针，是尽量不违拗他，然后把冰块拿到阳光下使之融化。我相信，总有一天冰块会融化成温水，到时他就会自己醒悟的。

二十四

我意识到，自己正是在夫人的热心对待下才逐渐变得开朗起来的。所以，我也试图用同样的方法来感化K。在长期相处过程中，我知道我们俩的性格有很大差异。尽管如此，我还是相信K住进来以后心情会逐渐平复，就像我住进来以后神经稍微舒缓下来一样。

K比我意志坚定，学习也比我努力，而且头脑生来就比我聪明得多。后来因为所学专业不同而没法比较，但以前在同一个班里的时候，无论初中还是高中，K的成绩总是名列前茅。所以我一向觉得，自己无论做什么都不如他。然而，在我把他拉过来一起住这件事情上，我却相信自己是更加明辨事理的。在我看来，他似乎并不理解逞强和忍耐的区别。——关于这一点，其实也是特意写给你看的。无论肉体还是精神，我们的所有机能都会在外界的刺激下得到强化，或受到破坏。当然，无论从哪方面来说都有必要逐渐加强刺激。如果不认真思考的话，就会朝着非常危险的方向前进而浑然不觉——别说自己，恐怕连旁人也觉察不到。听医生说，人的胃是最喜欢偷懒的，如果光吃粥的话，不知不觉间就会丧失消化比粥硬的东西的能力。所以医生建议要多训练，什么都要吃。当然，我觉得这并不仅仅是适应的问题，而更侧重于这层意思：随着刺激逐渐增加，消化能力也会逐渐增强。相反，如果对胃的刺激力逐渐减弱，结果也可想而知。K虽然比我有出息，但却完全没有意识到这一点。他坚信，只要适应了困难，困难也就不可怕了，只要不断地经受磨难，就会有相应的回报，最终一定能到达不惧任何磨难的境界。

我在劝说K的时候，总想让他明白这一点。但我一开口就必定会遭到他的反驳，而且他还会引用古人的事例作为论据。于是，我就不得不明确地指出这些古人和K的不同之处。如果他能虚心接受那倒也罢了，可是以他的脾气，争论到这里肯定就不会轻易回头，而是继续坚持自己的观点，甚至还把自己所说的话付诸实践。他就是这样一个可怕的人、了不起的人，在自我毁灭中前进。从结果来看，他的了不起之处只在于毁坏了自己的成功而已，但他绝不是一个平庸之人。我了解他的性格，所以最终只得闭上了嘴巴。而且，如前面所说，我觉得他好像有点神经衰弱。即使我说服了他，他也肯定会情绪激动。我不怕和他吵架，可是，当我回想起自己那孤独不堪的境遇，就不忍心让这位好友处于同样孤独的境遇之中。当然，更不愿意逼上前去，把他推落更孤独的深渊。所以，他搬进来之后，我暂时没有对他说过什么批评的话，只是平静地看着周围环境给他带来的影响。

二十五

我在私下里恳求夫人和小姐尽量和K多说话。因为我认为，他现在这个样子正是一直以来沉默寡言的生活所造成的。很显然，他的内心已经生锈了，正如铁不用就会生锈一样。

夫人笑着说道："这个人简直难以接近嘛。"小姐还特意向我举例说明——她问K："火盆里有没有火？"K回答："没有。"她说："那我给你端来吧。"K拒绝说："不用。"她又问："不冷吗？"K回答："冷是冷，但不用了。"然后就没有再搭理她。——听小姐这么一说，我也不能光是苦笑了。我觉得有点过意不去，不得不说几句打圆场的话。尽管现在已经是春天，不一定非要烤火不可，但K这样回答也难免会给人留下难以接近的印象了。

于是，我常常趁自己在场的机会，尽量让母女俩和K多接近。比如说，我和K聊天时，就把母女俩也叫过来；我和她们一起在房间里时，就把K也拉过来……总之，采取各种随机应变的方法让他们互相接近。当然，K不大乐意，有时忽然起身走到外面去，有时则怎么叫他都不肯过来。他说："这样闲聊有什么意思呢！"我只是笑了笑，但心里却知道K肯定为此而瞧不起我。

从某种意义上来说，我也许应该被他瞧不起。或者也可以说，他的眼界比我高得多。我并不否认这一点。然而，只是眼界高，而其他方面跟不上的话，就无异于残疾。我觉得，眼下最重要的，是要让他变得有人情味。因为我发现，既然他自己做不到出人头地，那么即便满脑子想着伟人形象也没有任何作用。为了让他变得有人情味，我首先采取的方法是让他坐在异性身边。让他置身于这种氛围之后，再试着给他那锈迹斑斑的身体里注入新鲜的血液。

这种尝试逐渐有了成效。一开始显得格格不入，但渐渐就变得融洽起来了。他似乎逐渐发现了自己身外的世界。有一天，他对我说："女人不应该受到那样的轻视。"一开始时，他大概以为女人也应该具有和我同样的知识和学问，一旦希望落空，就会产生轻蔑之心。一直以来，他都是一视同仁地看待男女众生，从来不懂得根据对方性别来改变立场。我对他说："我们两个男人就算这么一直聊下去，也只能是两条向前延伸的平行线。"他回答道："当然。"那时我有点沉迷于对小姐的思慕中，所以才自然而然地说出了这句话。不过，关于我内心的秘密，却一句也没有向K吐露过。

K一直以来都躲在用书籍筑起的城墙里，而现在，他的内心开始逐渐敞开。我看着这一变化时，感到无比欣慰。我从一开始就抱着这样的目的，当然会为自己的成功而感到高兴了。我没有把这些感想告诉K，而是告诉了夫人和小姐。她们也显得很高兴。

二十六

我和K属于同一个院系，但不同专业，所以出门和回家的时间也各有早晚。我如果早回来，就直接穿过他的空房，如果晚回来，就随便打声招呼然后回到自己房间。这已经形成了习惯。我推开房门时，K总是从书本上移开视线，看我一眼，然后必定会问一句："回来啦？"我有时只是默默地点一下头，有时则应一声"嗯"就走过去。

有一天，我去神田区[1]办事，比平时晚了很多才回来。我快步走到门前，"哗啦"一声打开格子门。与此同时，我听到了小姐的说话声——声音分明是从K的房间里传出来的。这座房子的格局是这样：进了家门往前走，是连在一起的起居室和小姐的房间，向左拐就到了K的小房和我的房间。在这里住久了，谁在哪里说话我一下就能听出来。我立刻关上格子门。这时，小姐的说话声也立刻停下来了。我在门口脱鞋——那时我穿的是时髦而有点难脱的高腰系带皮靴。在我弯腰解鞋带时，K的房间静悄悄的。我觉得很奇怪，心想，也许是我听错了吧。然而，当我像往常一样推开房门、准备穿过K的房间时，却看见两人坐在那里。K照常问了一句："回来啦？"小姐也坐着打了声招呼："你回来啦？"也许是心理作用吧，这句简单的招呼似乎有点生硬，语调听起来似乎不太自然。我问小姐："夫人呢？"我这么问其

1　现位于日本东京都千代田区东北部，旧时曾设置神田区。——编者注

实并没有什么特别的意思，只是觉得家里比平时安静，所以才随口问一下。

夫人果然不在家，女佣也一起出去了，家里只剩下K和小姐两个人。我有点纳闷——我在这里住这么久了，夫人却从没试过把我和小姐单独留在家里而自己出门。于是，我又问小姐："是有什么急事吗？"她只是笑了笑。我最讨厌女人在这种时候笑了。你要说很多女孩子都这样，那确实也是，反正她常常莫名其妙地笑。不过，她一看见我绷着脸，就立刻恢复了平常的神态，认真地回答说："也不是什么急事，只是出去办点事。"作为一个房客，我自然没有权利继续追问下去，于是就不再吭声了。

我换了衣服，刚要坐下时，夫人和女佣回来了。不一会儿，就到了大家围着餐桌一起吃晚饭的时间。刚住进来那会儿，我在各方面都享受着客人的待遇，每次用餐都是由女佣把饭菜端到我房间。后来这个习惯不知不觉地变了，变成叫我过去一起吃。K刚搬进来时，我就要求她们一视同仁。为此，我还送了一张用薄板做成的、桌脚可以折叠起来的小餐桌给夫人。——现在家家户户都用这种桌子了，可在那时候，几乎没有多少人家围着这样的餐桌吃饭。这是我特意到御茶水[1]的家具店定做的。

在这张餐桌旁，夫人向我解释说："今天鱼店没有按时送货

1　主要位于东京都文京区汤岛至千代田区神田一带，以千代田区神田骏河台为中心。东西走向的神田川流经这个地区。这一地区有众多知名大学，如日本最知名的女子高等院校御茶水女子大学等。——编者注

过来，所以不得不到街上给你们买吃的。”我想，既然家里有房客，这么做也合情合理吧。这时，小姐看着我又笑了起来。夫人呵斥了一句，她才马上收敛。

二十七

大约过了一个星期，我回到家经过K的房间时，又碰见他和小姐正在聊天。小姐一看见我就笑了起来。当时我应该马上问她一句“有什么好笑的”，可我却一声不吭地走进自己房间。所以，K也没能像往常那样跟我打招呼。小姐好像随即就打开房门到起居室去了。

吃晚饭时，小姐说我是个怪人。我也没问怎么个怪法，只注意到夫人朝她瞪了一眼。

晚饭后，我叫K一起出去散步。我们从传通院后面绕着植物园那条街走了一圈，又走下富坂。作为散步来说，时间不算短，但我们却很少说话。就性格而言，K比我更不爱说话，而我也并不健谈。可我还是一边散步一边尽量找话和他说，话题主要是关于我们住的这户人家。我想知道他对夫人和小姐的看法。可他的回答却总是不着边际，让人听得一头雾水，而且又不肯详细说。看样子，他似乎不太关心那母女俩，而更关心学业。那时马上就要开始第二学年的期末考试了。在一般人看来，他也许更有学生样吧。而且，他还老是把斯威登堡[1]挂在嘴边，使我这个不学无术之人惊讶不已。

我们顺利地考完试后，夫人高兴地说：“你们俩都还剩最后一年了。”而她唯一引以为豪的女儿也即将毕业。K对我说：“女人往往什么都没学会就要出校门了。”他似乎很瞧不起小姐课余学习的缝纫、弹琴、插花等技能。我笑他太迂腐，并重申了一遍我的观点：“女人的价值不在做学问啦。”他并没有反驳，但也没有表示赞同。这让我感觉十分畅快，因为他那嗤之以鼻的语气说明他仍然看不起女人，说明他仍然没把小姐放在眼里——在我的心目中，小姐就代表着女人。现在回想起来，那时我对K的嫉妒心已经开始萌芽了。

我和K商量暑假去哪里玩，可是听他的口气好像不想去。当然，以他目前的处境，没法想去哪里就去哪里。不过，只要我邀他同行的话，他还是哪里都能去的。我问他：“为什么不想去？”他说：“也没什么理由，只是觉得在家里看书更自在一些。”我提议说：“避暑胜地比较凉爽，去那里学习有益健康。”他却说：“那你自己去好了。”但我并不想让他一个人留在家里，看着他和母女俩渐渐亲近起来就已经够郁闷的了。如果有人问我：“你一开始不是希望这样吗？现在实现了为什么又觉得郁闷呢？”那我就无言以对了。我真是个傻瓜。我和K讨论了半天也没个结果，夫人看不下去了，就过来劝解。最后，我和

1 斯威登堡（1688—1772），瑞典科学家、神学家、神秘主义者。

K决定一起去房州[1]。

二十八

K很少出门旅行，我也是第一次去房州。我们俩稀里糊涂的，在船停靠的第一个码头就上岸了。那个地方好像叫保田。现在不知道变成什么样了，那时可是个破落的小渔村。最难受的是到处弥漫着一股鱼腥味。而且，我们一下海就被海浪冲倒，手脚都擦破皮了。拳头大的石块被裹挟在汹涌的波涛里，一直不停地滚动着。

我很快就厌倦这个地方了。K却不置可否，至少脸上是一副满不在乎的表情。可他每次下海都会受点伤。后来我总算说服了他，离开那里，去了富浦，然后又从富浦去了那古。那时候，这边海岸主要是学生的聚集地，所以到处都是适合我们的海滨浴场。我和K常常坐在岸边的岩石上，眺望着远处海面的颜色和近处的水底。从岩石上俯视海水，感觉特别漂亮。平时在市场上难得一见的红色、蓝色的小鱼，在澄澈的波浪里游来游去，清晰可见。

我常常坐在那里看书。K大多数时候什么都不做，只是默默

1　日本安房国的别称，相当于现在的千叶县南部地区，是日本古代的令制国之一。令制国是明治维新以前，日本地理划分的基本单位，明治维新以后逐步被如今的都道府县所替代。——编者注

地坐着。我不知道他是在沉思，还是陶醉于美景，或是在尽情地想象。我时而抬起头，问他在做什么。他只是回答一句“没做什么”。我常常幻想着，假如此刻静静地坐在自己身边的人不是K而是小姐的话，那该多幸福呵。这么随便想想倒也不要紧，但有时我又忽然产生怀疑，K坐在岩石上，心里莫非也抱着同样的想法？这么一想，我顿时心烦意乱，静不下心来看书了。我猛地站起身，无所顾忌地大声喊叫起来。此刻，我根本没有闲情去吟诗作赋，而只能像野蛮人一样乱吼乱叫。有一次，我突然从背后猛地揪住K的衣领，问道：“我把你推到海里，你怎么办？”K一动不动，仍然背对着我回答道：“我求之不得。你推吧。”我随即松开了手。

这段时期，K的神经衰弱似乎已经好了很多。相反，我却渐渐变得敏感起来。当我看见K比我更从容时，不由感到羡慕，同时又有几分嫉妒。他总是对我摆出一副不理不睬的面孔。在我看来，那是一种自信的表现。然而，我并不满足于此，我想更进一步地弄清楚这种自信心的实质。——莫非他又重新看到了自己在学业上或事业上的光明前景？如果只是这样的话，那当然和我没什么利益冲突，我反而会因为自己对他的帮助有了成果而感到欣慰。但如果他的安心感是来自于小姐，那我就绝不能原谅他。不可思议的是，他似乎一点都没觉察到我爱着小姐。当然，我也没有故意表现给他看。他在这方面本来就比较迟钝。我当初也是觉得他令人放心，所以才特意把他带回家里来的。

二十九

我决心向K说出自己的心里话。其实这个打算不是现在才有的，去旅行之前我就想这么做了。只不过我办法不多，没有找到合适的机会，也不懂得如何制造这种机会。现在回想起来，那时我周围的人都有点古怪，竟然没有一个人谈论女人的话题。其中大多数人是缺乏谈资，不过就算有，一般也会避而不谈。你们这些生活在自由氛围中的年轻人，肯定会觉得奇怪吧。至于这是道学遗风还是因为害羞，就由你自己去判断了。

K和我是无话不谈的朋友。然而，关于爱情、恋爱之类的话题，虽不至于绝口不提，但却总是局限于抽象的理论，而且也谈得很少。我们谈论的大多是关于书籍、学问、未来的事业、抱负、修养等。即使关系再亲密，如果平时谈惯了严肃的话题，就很难突然转变。我们是在严肃话题的基础上才成为好朋友的。自从我打算把小姐的事告诉K以来，不知试过多少次难以开口的焦躁和苦恼啊。我恨不得在K的脑袋上凿一个窟窿，灌输一些温柔之气进去。

你们现在的年轻人肯定会觉得万分可笑吧。可那时对我来说，确实是个大难题。我在旅途中也和在家里一样怯懦。我一直观察着K，想寻找合适的机会，可是他那故作清高的态度却令我束手无策。我觉得他的心脏周围仿佛涂了一层厚厚的黑漆。我想要注入的新鲜血液，竟然一滴也没能渗入他的心脏，全被反弹了回来。

有时，他那坚定而高傲的神情反而让我觉得放心。我暗自后悔自己多疑，并在心里向K道歉。一边道歉，一边觉得自己是个卑鄙之人，顿时对自己充满了厌恶。然而没过多久，以前的疑虑又重新回来，而且变得更加强烈。由于这一切都是从疑心推测出来的，所以感觉自己处处都落于下风。在相貌方面，K似乎更讨女人喜欢；在性格方面，K不像我这样小里小气，显然更受异性欢迎。就连他那貌似愚笨的样子，也显得颇有阳刚之气，比我更胜一筹。至于学习方面，尽管专业不同，我也知道自己当然不是他的对手……对方的所有优点统统浮现在我眼前，我那刚放下的心又立刻变得不安起来。

K见我心神不定，就说："要是不喜欢这里，那就回东京吧。"被他这么一说，我突然又不想回去了——其实可能是不想让他回去。我们绕过房州海角，前往另一端的海岸。途中向当地人问路，回答说就在前面，不料走了七八里路还没到。我们在烈日的暴晒下痛苦不堪地走着。我半开玩笑地对K说："我不知道这样走着究竟有什么意义。"K回答道："脚就是用来走路的。"热得受不了时，我们就说："下海吧。"不管走到哪里就跳进海里泡一泡，然后又继续在烈日的暴晒下往前走，简直累得筋疲力尽。

三十

一路这样走着，又热又累，身体自然渐渐出现异常。不过，并不是生病，而是突然觉得自己的灵魂跑到别人身体里去了。我像往常一样和K说话，但心态却跟往常不一样了。我对他的亲切感和憎恶，都带有一种旅途中才有的异样感。也就是说，我们俩在暴晒、海水浴和走路的过程中，形成了一种不同于以往的新关系。那时我们就像结伴而行的商贩一样，无论如何谈天说地，也不会像平时那样触及费心劳神的问题。

我们终于就这样走到了铫子。途中有一件特别的事，我至今都还记得。离开房州之前，我们在一个叫小湊的地方参观了鲷之浦[1]。那是多年前的事了，而且我也没什么兴趣，所以记不太清楚了。据说那个村子是日莲[2]的出生之地。相传，日莲出生那天有两条鲷鱼被冲到了岸上。从那以后，村里的渔民就再也不敢捕鲷鱼了，这个习俗一直保留至今。所以海湾里有很多鲷鱼。我们特意雇了一只小船去看鲷鱼。

那时我全神贯注地盯着海面，饶有兴致地看着那些略带紫色的鲷鱼在水里游动。然而，K似乎不像我那么感兴趣。他的心思显然不在鲷鱼，而是一心想着日莲。正好附近有座叫“诞生寺”的寺院——可能是因为日莲在这里出生而得名吧。那是一

1 地名，位于日本千叶县鸭川市的一处沿岸海域。因日莲出生的传说和聚集的天然鲷鱼群而成为当地著名的观光景点。——编者注

2 日莲（1222—1282），日本佛教日莲宗的教祖。

座很气派的寺院。K提议去寺院拜访一下住持。说实话，我们的衣着太寒碜了。尤其是K，他的帽子被风刮到海里了，只好买了一顶草帽戴在头上。至于身上穿的衣服，当然我们俩的都很脏，而且还散发着汗酸味。我劝他别去见住持了，但他却执意不听，并说："你要是不想去，就在外面等着吧。"无奈之下，我只得跟他一起来到寺院门口，心想一定会被拒之门外的。不料住持却很热情，让人把我们带到宽敞而漂亮的客厅，并马上出来接见。那时我的想法和K大不一样，无心听他和住持谈话。他好像在一个劲地打听关于日莲的事。我还记得，当住持说到日莲因擅长草书而被称为"草日莲"时，字写得很糟糕的K流露出了不以为然的表情。也许他想从更深层的意义上了解日莲吧。不知道住持是否满足了他的愿望，反正他一出寺院就跟我滔滔不绝地讲起了日莲。我又热又累，根本听不进去，只是随口附和几句。后来甚至懒得回应，干脆不吭声了。

记得是在第二天晚上，我们回到旅馆，吃过饭，准备睡觉之前，突然争论起一个严肃的问题。——K昨天跟我谈论日莲时我没有搭理，他为此很不高兴，说："精神上缺乏进取心的人就是笨蛋。"非要把我说成是一个肤浅之人。我本来已经为小姐的事而心存芥蒂，听到他这句近于侮辱的话时，当然无法一笑了之。我开始为自己辩解。

三十一

当时，我多次使用了“人情味”这个词。K说：“你无非是用‘人情味’这个词来掩盖自己的所有缺点罢了。”后来想想，K说的没错。不过，我当时搬出“人情味”这个词，是为了让K承认他自己“没有人情味”。既然出发点已经带有攻击性，自然也就顾不上反省自己了。我仍然坚持自己的观点。于是K问我：“你觉得我哪里没有人情味？”我告诉他：“你其实是有人情味的，说不定有太多人情味呢。可是，你嘴上却总是说些没有人情味的话，还故意装出一副没有人情味的样子。”

K听了却没有反驳我，只是回答说：“我的修养还不够，所以才会给别人造成这样的印象吧。”我与其说觉得扫兴，不如说是有点同情他，于是当即停止了争论。他的语调渐渐低沉下来，一脸怅然地说道：“如果你也像我一样多了解些古人的话，就不会这样攻击我了。”——他所说的古人，当然不是指什么英雄好汉，而是指那些为了灵魂而虐待自己的血肉之躯、为了得道而鞭挞自己身体的所谓苦行僧。他对我说：“你根本就不知道我为此而受着怎样的苦，真是太遗憾了。”

说完，我和K就去睡觉了。第二天，我们又变回普通商贩的模样，淌着汗水继续往前走。一路上，我不时回想起昨晚的事，心中悔恨不已。昨晚明明是个绝好的机会，可我却漫不经心地把它错过了！我不该用“人情味”这样抽象的词语，而应该直截了当地和K说清楚。其实，我是基于对小姐的感情才搬出这个词语的。既然如此，与其把事实提炼成理论灌输进K的耳朵里，倒不如把事实原封不动地呈现在他眼前，这样对我更有利吧。我必须承认，我之所以没能这么做，是因为我俩以探讨学问为基础的友情自动形成了一种惰性，而我又没有勇气去突破它。说我太装模作样也好，虚荣心在作祟也好，其实都是一码事。但我说的这种“装模作样”和“虚荣心”的意思又跟一般情况有些不同。只要你能明白的话，我就心满意足了。

回到东京时，我们都晒得黑黝黝的。一回来我的心态又发生了变化，我头脑中那套有没有“人情味”之类的歪理已经消失得无影无踪。而K也没有再摆出一副宗教家似的嘴脸。此刻，他心里恐怕也没再考虑什么灵魂与肉体的问题了吧。我们像异类人种似的，东张西望地眺望着繁忙的东京。然后来到两国区，冒着酷暑吃了一顿暹罗鸡。K说：“干脆一鼓作气地走回家去吧。”论体力，我本来就比K好，所以马上同意了。

回到家时，夫人看见我们俩的模样，大吃一惊。我们俩不仅晒黑了，而且因为长途跋涉瘦了许多。不过，夫人还称赞说：“看起来更结实了。”小姐说：“这话有点矛盾哩。”说着又笑了起来。这次外出旅行前，我常常为小姐无端发笑而恼火，但此刻却觉得很愉快。大概是因为场合不同，而且又很久没听到她的笑声了。

三十二

不仅如此，我还发现小姐的态度跟以往稍有不同。我们出门旅行了这么久，要恢复到日常生活状态的话，各方面都少不了女人的帮忙。夫人的悉心照料暂且不说，小姐好像无论什么事都优先考虑我，然后才到K。如果表现得太露骨，难免会让我尴尬，甚至觉得不愉快。但小姐在这一点上做得很有分寸，令我感到欣慰。也就是说，她只让我一个人明白，她把自己的温情多分给了我一些。所以，K也心平气和的，并没什么不满。我心里悄悄地对他奏起了凯歌。

不久，夏天过去了。从九月中旬开始，我们又得去学校上课了。因为课程不同，我和K出入家门的时间又是各有早晚。我每个星期有三天比K晚回家。不过，无论什么时候回来，都没有见过小姐出现在K的房间里了。K照例看我一眼，程式化地打声招呼："回来啦？"我也像机械一样简单而毫无意义地点点头。

记得是在十月中旬的一天，我睡过头了，来不及换衣服就急匆匆地赶往学校。因为没时间系鞋带，所以没穿那双高腰皮靴，趿拉着草履就出门了。那天，按课程表应该是我比K先放学。我回到家就"哗啦"一声打开格子门。我本来以为K不在家，不料这时却忽然听到K的说话声，而且还同时听到了小姐的笑声。因为没穿那双难脱的皮靴，所以我很快就走进屋里，打开房门。K像往常一样坐在书桌前，但小姐却不在房里了，只见到她的背影一闪而过地从K的房间逃了出去。我问K："怎么这么早回来了？”他回答说：“有点不舒服，就请假了。”我走进自己房间坐下。不一会儿，小姐端茶过来，这才和我打了声招呼：“你回来啦？”我不是那种没心没肺的人，没法笑着问她刚才为什么逃跑了。可我心里却一直惦记着这件事。小姐放下茶，随即起身，沿着檐廊走向对面。不过，她在K的房门外停了下来，和房里的K聊了几句，大概是继续刚才的话题。我没听到前面部分，完全不知道他们在说什么。

过了几天，小姐的态度渐渐变得坦然了。即使我和K都在家时，她也经常来到K的房间外的檐廊上叫他名字，然后走进去，坐上很长时间。当然，有时是来送信，有时是拿着洗好的衣服过来。既然在同一屋檐下生活，这种程度的接触其实是很正常的。然而，对于一心想独占小姐的我来说，却难免会觉得不太正常。有时我甚至觉得，小姐是故意不来我房间，而只去K的房间。也许你会问：“既然如此，那为什么不让K搬走呢？”——如果我这么做的话，就等于违背了我硬把K拉来同住的初衷。我做不出这样的事。

三十三

那是十一月的一个寒冷的雨天。我穿着被淋湿的外套，像往常一样经过蒟蒻阎魔堂[1]，沿着狭窄的上坡道走回家里。K的房间空无一人，但火盆里新添的炭火却烧得正旺，看起来很暖和。我也想把冰凉的手伸到火盆上烤一下，于是赶快回到自己房间。然而，我的火盆里却只有一堆冰冷的白色灰烬，连火种都熄灭了。我顿时郁闷起来。

这时，夫人听到我的脚步声，走过来看看。她见我默默地站在房间中间，就心疼得帮我脱下外套，换上和服。然后听我说冷，又马上去隔壁把K的火盆端了进来。我问道："K回来了吗？"夫人回答："回来后又出去了。"按课程表的话，那天应该也是K比我晚放学的。我觉得很纳闷。夫人说："他可能是有什么事吧。"

我坐着看了一会儿书。屋里静悄悄的，听不到一点说话声，只觉得初冬的寒冷和寂寞渗入了身体。我突然想去热闹的地方走一走，就放下书，站起身来。雨总算停了，可天空仍然黑沉沉的，犹如冰冷的铅块。我怕再下雨，就扛起一把油纸伞，沿着炮兵工厂后面的土墙往东走下坡道。那时还没有修路，坡度比现在陡得多，路面也很窄，没有现在这么直。而且，走下坡底一看，因为南面有高楼阻挡，排水不畅通，所以路面一片泥泞。

1 净土宗寺院源觉寺的别称，位于东京市文京区小石川。因殿内供奉的阎魔王神像而得此别名。——编者注特别是走过狭窄石桥到柳町的大街之间的那段路就更狼狈了，即使穿上高齿木屐或长筒靴也很难走。行人们不得不小心翼翼地走在路面中间——因为淤泥被冲到路边，路面中间自然形成了一条狭窄的小路，大约只有一两尺宽，感觉就像踩着铺在路上的一条带子走过去似的。行人们排成一队慢慢地往前走。我就是在这条带子上突然碰到K的。我只顾看脚下，没注意到他从对面走来。发现前面有人挡住时，我不经意地抬起头，才看见K站在面前。我问K："你去哪里了？"他只是回答："出去了一下。"语气和平时一样冷淡。我和K在这条狭窄的带子上擦身而过。这时，我看见他身后站着一个年轻的女人。我眼睛近视，看不太清楚。等K走过去之后，一看那女人的脸，原来竟然是房东家的小姐。我不禁大吃一惊。小姐有些脸红，向我打了声招呼。那时候，女人的束发跟现在不同，不会把额头和鬓角上的头发向前扎，而是把头发像蛇一样盘在头顶。我茫然地看着小姐的头发，随即意识到总得有一方要让路，于是就咬咬牙把一只脚踩到泥泞里，留出比较好走的地方，让她过去。

我来到柳町的大街，却不知道要去哪里，只觉得去哪里都没意思。于是，我就赌气似的"扑通扑通"地踩着泥泞行走，任凭泥浆飞溅到身上。然后很快就回家了。

三十四

我问K："你是和小姐一起出去的吗？"K说："不是，是在真砂町偶然碰到，所以才一起回来的。"我没法继续追问下去了。然而，吃饭的时候，我忍不住又向小姐提出同样的问题。于是她一如往常地露出了令我反感的笑容，并说："你猜猜看我去了哪里？"那时候我还是个急性子，被一个女孩子这样捉弄，自然就生气了。然而，围坐在餐桌旁的这些人里头，只有夫人能觉察出来。K倒是一脸若无其事的样子。至于小姐的这种态度是有意为之还是无心之举，我分辨不出来。在女孩子当中，她算是比较有脑子的，但女孩子们往往有个令我讨厌的通病，她也不能说没有。其实，这一点是我从K住进来之后才发现的。我不知道应该把它归咎于我对K的嫉妒，还是应该看作小姐对我耍的小心计。我至今也无意否认自己当时的嫉妒心。正如前文多次所说，我清楚地意识到爱情背后隐藏着这种情感。而且，这种情感总是因为一点无聊小事就蠢蠢欲动，尽管这些小事在旁人眼中是微不足道的。可见，这种嫉妒心正是爱情的另一面，但这是另一个话题了。结婚之后，我觉得这种嫉妒心逐渐减弱，与此同时，爱情也不像原来那么浓烈了。

我开始考虑，干脆把自己犹豫不决的内心向对方坦白好了。——我说的"对方"并非指小姐，而是夫人。我想跟夫人明说，求她把小姐嫁给我。然而，打定主意后，却又不敢开口，就这么一天天地拖延下去。在别人眼里，我大概是个优柔寡断之人。这倒也无所谓。实际上我之所以裹足不前，并不是因为缺乏决断力，而是另有原因。K搬来之前，我担心上当受骗，所以一直压抑着自己，不敢往前走一步；K住进来之后，我又总是被疑心占据，怀疑小姐是否对K有意。我心想，如果小姐真正倾心的是K而不是我，那就不值得我表白爱意了。这跟害怕被拒绝丢面子还不太一样。无论我多喜欢对方，如果对方心里爱的是别人，那我也不愿意和她在一起。世上有这样一种人，只管高高兴兴地把自己喜欢的女人娶回家，而不顾对方是否愿意。当时在我看来，这种人要不是比我们更久经世故的老滑头，就是根本不懂得爱为何物的笨蛋。我对爱情满怀憧憬，以至于无法认同“只要娶回家总能凑合着过”的道理。也就是说，我是个极其高尚的爱情理论家，同时又是个极其迂腐的爱情实践者。

既然长期住在一起，其实我也有机会直接向小姐本人表白，但我却故意回避了。那时候我有一种根深蒂固的观念，按日本人的习惯，是不允许这么做的。当然，不仅仅是这个原因。我之所以不想直接表白，还有另一层顾虑。在这种情况下，日本人——尤其日本的女孩子都会比较顾及对方，而缺乏畅所欲言的勇气。

三十五

因此，我无法向前迈步，只得呆呆地站在原地。你也有过这样的体会吧，身体不适时睡午觉醒来，睁开眼睛，周围的一切看得清清楚楚，可是手脚却完全动不了。——我就时常感受到这种不为人知的痛苦。

到了第二年春天。某日，夫人对K说："叫几个朋友来玩纸牌吧。"K马上回答说："我一个朋友也没有。"夫人听了非常惊讶。确实，K连一个真正的朋友都没有。在街上碰见打声招呼的倒是有几个，不过还没到一起玩纸牌的程度。夫人又让我叫几个朋友过来。但我也没有心思玩这么热闹的游戏，于是就随便敷衍几句，应付过去了。可是到了晚上，我和K还是被小姐拉了过去。没有其他客人来，只是家里这几个人一起玩纸牌，显得颇为冷清。而且K还不太会玩，简直跟袖手旁观没什么两样。我问K："你到底懂不懂《百人一首》[1]的和歌呀？"K说："不太懂。"小姐听我这么一说，大概以为我瞧不起K，于是就明显地帮起了K，最后几乎变成了两人联手对付我。要是换作别人，说不定我会和对方吵起来。幸亏K的表情一直没变，没有流露出一丝得意之情，我才好歹把这个场面应付过去了。

大约又过了两三天后的某日，夫人和小姐一早就出门了，说是到住在市谷区的亲戚家去。那时我和K都还没开学，相当于留

1　从一百名和歌诗人的和歌里各选一首编成的和歌集。江户时代开始出现《百人一首》纸牌游戏。

在家看门。我既不想看书，也不想出去散步，只是茫然地把手肘支在火盆边上，托着腮帮子陷入了沉思。K在隔壁房间也没有一点动静。屋里非常安静，以至于怀疑对方是否在家。不过，这种情况在我们之间也不算什么新鲜事，所以我也没有特别留意。

十点左右时，K忽然拉开房间的隔扇，和我互相对视着。他站在门槛上问道："你在想什么？"我本来也没在想什么。如果有在想的话，那多半和往常一样在考虑小姐的事吧。想到小姐，当然会顺带想到夫人，最近连K也掺和进来，像一个无法摆脱的人似的萦绕在我脑海中，使问题变得更复杂了。一直以来，我就隐约意识到K是个碍事的家伙，但显然不能对他明说。我仍然看着他，没有说话。他大模大样地走进来，在我的火盆前面坐下。我连忙从火盆边放下双肘，把火盆往K那边稍微挪了一下。

这时，K说起了和往常不一样的话题："夫人和小姐到市谷区的什么地方去了？"我回答说："好像是她婶婶家。"K又问："她婶婶是什么人？"我告诉他："也是军人的妻子。"K说道："女人一般在正月十五之后才去拜年呀，她们为什么这么早就去了？"我只得回一句："我也不知道为什么。"

三十六

K不停地问着关于夫人和小姐的事，有的问题甚至连我都答不上来。我觉得很不耐烦，但更觉得不可思议。我想起之前我提到母女俩时K的那副态度，不由发现他今天有点不对劲。我终于忍不住问他："你今天为什么老是谈这些呢？"他顿时沉默不语。但我注意到他紧闭的嘴角似乎在抖动。他本来就是个沉默寡言的人，平时要说什么之前，总会先嚅动一下嘴巴。而他的嘴唇，则仿佛故意违抗他的意志似的不肯轻易张开，为嘴巴里的话语积蓄力量。声音一旦破口而出，就比一般人更加有力。

看见K的嘴角在抖动时，我马上意识到他又要说话了。但到底要说什么，我却没有任何预感。所以，我才会如此震惊。你不妨想象一下，当他那笨拙的嘴里倾诉着他对小姐的相思之苦时，我是一副什么样子吧。我被他的魔法棒一下变成化石，甚至连张开嘴的能力都丧失了。

当时我感觉到无比恐惧，同时又痛苦不堪。总之，我呆住了，从头到脚突然变得像石头或铁块一样僵硬，甚至无法灵活地呼吸。幸而这种状态并没有持续多久。转瞬间，我觉得自己又变回了一个正常人，随即暗暗叫苦："完了，被他抢先说了。"

然而，我根本不知道今后该怎么办，大概是没有余力想这个问题吧。我一动不动，任凭腋下冒出的冷汗湿透了衬衫。而K却时不时地打开像往常一样笨拙的嘴巴，断断续续地倾诉着自己的内心。我痛苦不堪。我那痛苦的表情，想必就像一大张文字清晰的广告贴在自己的脸上，K再怎么愚钝也难免会注意到。然而，他却全神贯注于自己的事，根本无暇留意我的表情。他的自白从头到尾贯穿着同样的语调——沉重、缓慢，给我一种不可动摇的感觉。我一边听着他的自白，一边却焦躁不安地想着：

“我该怎么办？我该怎么办？”所以详细的内容几乎一点儿都没听进去，但他说话的语调却剧烈地震撼着我的内心。因此，我不仅感觉到前文所说的那种痛苦，还时而感觉到一种恐惧。也就是说，意识到“对方比我强”的恐惧感开始萌生起来了。

K的倾诉告一段落时，我什么话也没有说。我之所以沉默，并不是因为我在权衡利弊、考虑自己是否也要向他摊牌，而只是因为我什么话也说不出来，而且也不想说。

吃午饭时，我和K相向而坐。在女佣的伺候下，我吃完了有生以来最难吃的一顿饭。其间，我俩几乎没有说一句话。不知道夫人和小姐什么时候才回来。

三十七

我们回到各自房间后，就没有再碰面。K和早上一样安静。我也陷入了沉思。

我想，自己当然应该向K说出心里话，但又觉得已经错过了时机。为什么我刚才不打断他的话，进行反击呢？这显然是重大失策。至少也应该在听K说完之后，当场把自己的想法说出来。如今事情已经告一段落了，我又再重新提起的话，怎么想都觉得很别扭。我无法战胜内心的这种抵触感。悔恨之情占据了我的头脑，使我感到头晕目眩。

我盼望着K能够再次拉开隔扇闯进来。说实话，上午我就像遭到突然袭击一样，没有任何应战的准备。我决心要把上午失去的东西夺回来，于是时不时地抬头看一下隔扇。可那隔扇却一直紧闭着，K那边也一直很安静。

渐渐地，我被这安静搅扰得心烦意乱。一想到K在隔壁想着什么，我心里就焦躁不安。平时我们也经常这样隔着一道隔扇，彼此沉默不语。在正常状态下，他那边越是安静，我就越是忘记他的存在。可见我此刻已经陷入失常状态了。然而，我又不能主动拉开这道隔扇。既然刚才没有说出口，现在就只能等待对方找上门来的时机。

最后，我终于待不下去了。非要这么待下去的话，说不定会忍不住冲进K的房间。没办法，我只得起身走到檐廊上，然后来到起居室，心不在焉地拿起铁壶倒了一杯水喝。然后走到屋外。我就这样故意避开K的房间，来到大街上。当然，我也没有什么地方可去，只是因为在房间里待不下去而已。于是我就漫无目的地在正月的大街上到处乱走。可是无论走到哪里，我的头脑中都充塞着K的身影。我四处徘徊，其实并没想着要甩掉这些思绪。相反，我一边走还一边琢磨着K的举动。

首先，我觉得他这个人难以理解。他为什么突然向我倾诉这些话？难道他对小姐的爱已经热烈到了非向人倾诉不可的程度？原来的那个他又被扔到哪里去了呢？对我来说，所有的这些问题都无法理解。我知道他很要强，也很认真。我相信，在我决定接下来要采取什么态度之前，有很多问题必须先向他问清楚。同时，一想到接下来要和他成为竞争对手，我就觉得可怕。我茫然地在街上走着，眼前总是浮现出K呆坐在房间里的身影。我耳边仿佛听到一个声音："你再怎么走，也无法使我动摇。"——在我心目中，他似乎已经变成了一个魔鬼。我甚至觉得，自己将永远受到他的折磨。

我疲惫地回到家时，他的房间仍然静悄悄的，仿佛没有人在。

三十八

我回到家不久，外面传来人力车的声响。那时还没有现在这样的橡胶轮胎，所以老远就能听到那"咯噔咯噔"的刺耳声音。不一会儿，车子在门前停住了。

大约三十分钟后，我被叫过去吃晚饭。夫人和小姐换下的色彩鲜艳的盛装还没有收起来，乱扔在隔壁房间里。她们说是怕回来晚了耽误我们时间，所以才急匆匆地赶回来做晚饭。然而，我和K却对夫人的热心无动于衷。我坐在餐桌旁，像个沉默寡言的人似的，冷淡地敷衍了几句。K比我的话更少。母女俩今天难得一起出门一趟，所以心情比平时更快活、更兴奋。这样一来，我和K的表情就更加明显了。夫人问我："你怎么啦？"我回答："有点不舒服。"我确实不太舒服。小姐又问K怎么回事。K没有像我一样说不舒服，而是回答："我不想说话。"小姐追问道："为什么不想说话？"这时，我忽然抬起沉重的眼皮，看着K的脸。我有点好奇，想知道他怎么回答。K的嘴唇又微微抖动起来。不了解他的人，还以为他回答不上来呢。小姐笑着说道："又在琢磨什么高深的问题吧？"K似乎有点脸红。

当天晚上，我比平时早上床。我晚饭时说了句"不舒服"，夫人还惦记着，十点钟时端了一碗荞麦汤过来。可我已经熄灯了，房里一片漆黑。"哎哟。"夫人说着，把隔扇拉开一条缝隙。一束灯光从K的书桌上朦胧地斜照进我的房间。看样子K还没睡。夫人坐在我的枕边，说道："可能感冒了，喝下去暖暖身子吧。"随即把碗递到我面前。我没办法，只得当着夫人的面喝下了这碗稠乎乎的荞麦汤。

直到深夜，我还在黑暗中沉思。当然，只是翻来覆去地想着同一个问题，并没想出什么头绪。我突然心想：K正在隔壁做什么呢？于是就下意识地打了声招呼："喂！"隔壁也应了一声："哎。"原来K也还没睡。我隔着隔扇问道："还没睡吗？"他随口应了一句："准备睡。"我又问道："在做什么呢？"这次K没有回答。过了五六分钟之后，隔壁清楚地传来"哗啦"一声打开壁柜的声响，好像是拿出被褥铺床。我又问道："几点了？"K回答："一点二十分。"过不一会儿，油灯"噗"的一声被吹灭了，屋里在一片黑暗之中陷入沉寂。

然而，在这黑暗之中，我却越来越清醒。我又下意识地对K打了声招呼："喂。"K也像刚才一样应了一声："哎。"我终于主动开口了："我想跟你好好谈一下今早你说的事情，现在方便吗？"我当然不愿意隔着隔扇跟他谈这件事，但这样至少能马上听到他的答复。前两次我叫他，他都答应得很爽快，但这次他却小声嘀咕道："这个嘛……"这让我觉得十分纳闷。

三十九

K那含糊其辞的态度，在第二天、第三天仍然表现得很明显。看样子，他根本不想主动提起这个问题。当然，也没有合适的机会。除非夫人和小姐一起外出一整天，否则我和K是无法坐下来好好谈这件事的。虽然我明白这个道理，但却莫名其妙地开始焦躁起来。我一开始还只是暗中等待对方开口，后来终于下了决心，只要一有机会我就主动开口。

同时，我还默默地观察着母女俩。不过，夫人的态度和小姐的举动和往常并没什么不同。在K向我倾诉之前和之后，她们既然没什么变化，那就证明K只对我一个人说了，而还没有跟小姐本人及其监护人说。这么一想，我心里又踏实了一些。我暗自思忖，与其刻意地制造机会、主动找K谈这事，倒不如顺其自然，等下次机会出现时就牢牢抓住。于是，这个问题就这样暂时搁置下来了。

我这么说，听起来好像很简单，其实我内心如同潮起潮落一般起伏不定。我看着K平静的表情，难免会进行各种猜测。我观察着夫人和小姐的言行举止，不由产生了怀疑：她们的内心真的和表现出来的一致吗？我寻思着，安装在人的胸膛里的这个复杂机器，真的可以像时针一样准确无误地指向表盘上的数字吗？总之，你可以这么认为——对于同一件事情，我总是反复琢磨，做出各种猜测，最终才归结到这一点的。严密地说，从情理来看，“归结”之类的词也许不应该用于这种场合吧。

不久，学校又开学了。上课时间相同时，我和K就一起出门，碰巧的时候，放学也一起回来。从表面上看，我和K的关系仍然像以前一样好，可在心里，却无疑各怀心事。有一天，我突然在半路上向K发问。我首先问他：“你上次的那番话，是只对我一个人说的，还是对夫人和小姐也说了？”我觉得，我接下来要采取什么态度，必须取决于他对这个问题的回答。他明确表示：“我还没向其他人说过。”果然如我所料，我不由暗自高兴。我知道，K比我厚脸皮，而且也比我胆子大。然而奇怪的是，我却很信任他。尽管他在学费问题上欺骗了养父三年，但却丝毫没有损害我对他的信任感。甚至可以说我是从那时起才开始信任他的。所以，尽管我是个疑心很重的人，心里却无法否定他这个明确的回答。

我又问他：“对于这件事，你打算怎么办呢？是仅仅向我倾诉，还是想获得实际的效果？”一问到这个问题，他就不说话了，低下头默默地向前走去。我恳求他：“请不要隐瞒，把心里话都说出来吧。”他断然说道：“我没有必要对你隐瞒。”然而，关于我想知道的情况，他却一句话也没有回答。因为当时是在大街上，我也不好停下来问个究竟，最后就这么不了了之了。

四十

有一天，我来到久违的学校图书馆，坐在长桌的一角，一边沐浴着窗外照射进来的阳光，一边随处翻阅着新到的外国杂志。任课教师让我下周之前查阅一些专业方面的资料。可我总是查不到需要的内容，所以不得不三番两次地跑来借阅杂志。最后终于找到自己需要的论文，就专心地看了起来。这时，忽然听到有人在长桌对面小声地叫我的名字。我抬头一看，只见K正站在那里。他把上半身伏在桌面上，把脸凑过来——你也知道，在图书馆里是不能大声说话以免妨碍别人的。K的举动本来很平常，但当时我却觉得十分诧异。

K小声问道："在学习吗？"我回答说："在查些资料。"但他仍然盯着我，小声说道："一起去散散步吧。"我回答说："可以，不过你要等一下。"他说："我等你。"随即在我对面的空位坐下来。这时，我忽然心神不定，杂志也看不下去了。我总觉得K有什么企图，像是来找我谈判的。我只得把没看完的杂志合上，准备起身。K一脸平静地问道："看完了吗？"我回答说："无所谓。"然后就还了杂志，和K一起走出图书馆。

我们俩漫无目的地从龙冈町走到池端，又走进上野公园。这时，他突然开口说起了那件事。综合前后经过来看，他应该是为了说这件事才特意拉我出来散步的。不过，他的态度却仍然没有什么实质进展。他只是含糊地问我："你是怎么想的？"——所谓的"怎么想"，是问我如何看待他这个坠入情网的人。简而言之，就是他想听一下我对他现在的看法。我由此发现，他的态度确实有些反常。我说过很多次，他的性格很要强，从来不在乎别人的看法。他既有胆量也有勇气，只要自己认准了，就会一个人义无反顾地走下去。他和养父家之间的纠纷就充分体现出这一点，给我留下了深刻的印象。所以，此刻我当然能够清楚地意识到，他今天的态度有些反常。

我问他："为什么现在突然来征求我的看法呢？"他用异常沮丧的语气说道："我是个懦夫，这简直太丢人了。我犹豫不决，自己也不知道该怎么办，所以只能向你征求客观的看法。"我立刻追问："'犹豫不决'是指什么意思？"他说："我在犹豫着，到底是应该前进还是后退。"我又追问："想后退的话，就能后退吗？"这时，他却回答不出来了，只说了一句："我很痛苦。"他的表情也确实显得很痛苦。假如这事跟小姐无关的话，我一定会给他一个如他所愿的回答，就像用甘霖滋润他那干渴的脸一样。我相信，自己生来就具有这种美好的同情心。然而，当时我并没有这么做。

四十一

我警惕地注视着K，就像在和其他流派的人比武一样。我把自己的眼睛、心脏、身躯等所有器官都防备得无懈可击。而无辜的K却毫无戒备，与其说漏洞百出，不如说是大门敞开更为贴切。这种感觉，就好像我从他手里接过他保管的要塞地图，并当着他的面仔细查看一样。

我发现K正在理想和现实之间犹豫徘徊，心想，抓住这点就能一击致命。于是我乘虚而入，突然对他摆出一副严肃的表情。这固然是出于计谋，但当时我的心情也同样紧张，所以无暇顾及自己的滑稽与羞耻。我先是断然说了这么一句："精神上缺乏进取心的人就是笨蛋。"——这是我们在房州旅行时K对我说过的话。此刻，我把这句话用同样的语气回敬给他。但这绝不是报复。说实话，我的意图其实比报复更残酷——我想用这句话堵住K面前的爱情出路。

K出生于真宗寺，但从中学时期开始，他的观念就和真宗教义相去甚远。我不太懂教义上的区别，也知道自己没有资格评论这些，我只是从男女关系的问题上看出这一点。K以前就喜欢用"精进"这个词。我原以为这个词包含有禁欲的意思，但后来一问他，才惊讶地发现这个词的含义更为苛刻。K的首要信条是："为了道，应该牺牲一切。"节欲或禁欲当然必须遵守，即便脱离肉欲的精神恋爱也是与道相悖的。——在K自食其力地生活的那段日子，我常常听到他这么说。那时我已经喜欢上了小姐，所以必然要反驳他。每次我一反驳，他就露出怜悯的神情。在那神情中，显然轻蔑更多于同情。

正因为我们之间有过这些经历，所以"精神上缺乏进取心的人就是笨蛋"这句话对K来说无疑是一记响亮的耳光。然而，正如前面所说，我说这句话的本意，并非想毁掉他苦心修行的成果，而是想让他像从前一样继续修行下去。至于最后是得道也好，升天也好，都与我无关。我只是担心他突然改变前进方向，与我发生利害冲突而已。总之，我说这句话完全是出于自私的心理。

“精神上缺乏进取心的人就是笨蛋。”

我又重复了一遍。然后注视着他，看他有什么反应。

“笨蛋。”他很快回答道，“我就是笨蛋。”

他突然站住不动，低头盯着地面。我不由吓了一跳，以为他会突然翻脸。但我留意到，他的声音是那么软弱无力。我还想从他的眼神里发现点什么，可是他却始终没有看我。然后，他又慢慢地迈开步子。

四十二

我和K并肩走着，心里暗自等待着他的下一句话——也许说“设下埋伏”更为贴切。当时，我甚至觉得即使“设计暗算”他也无所谓。但我毕竟受过教育，多少还有些良心，如果这时有人走到我身边，对我耳语一声“你真卑鄙”，那么我也许会在这一瞬间突然醒悟过来。如果这个人就是K，那么我一定会在他面前羞愧得满脸通红。然而，K并不会斥责我，因为他太诚实、太单纯、太善良了。而鬼迷心窍的我，不但没有对他的品质表示敬意，反而想利用这一弱点来击倒他。

过了一会儿，K叫了一声我的名字，望着我。这次我不由停下脚步，他也停了下来。这时我才终于能正视他的眼睛。他的个子比我高，我不得不仰视着他的脸。我的内心，就像恶狠狠的狼盯着无辜的羊似的。

“别再说这事了。”他说。他的眼神和话语中都流露出一种悲伤。我一时不知该如何回答。“别再说了。”他像哀求似的又重复了一遍。这时，我给了他一个残酷的回答，就像狼瞅准空当咬住羊的喉咙一样。

“别再说了？这本来就不是我先提起，而是你自己主动提起来的呀。既然你不想说了，那就不说吧。不过，光是停留在口头上也不行呀，必须得下决心才行。你究竟打算如何坚持你一直以来的信念呢？”

听我这么一说，身材高大的K似乎在我面前自然而然地萎缩，变得低声下气了。正如我多次所说，K的性格很固执，但另一方面，他又是个无比诚实的人。所以，当别人严厉地指责他的矛盾时，他绝不可能仍然保持冷静。我看着他的这副狼狈样，心里总算踏实了一些。这时，他突然问道：“决心？”没等我回答，他又接着说道：“决心嘛……倒也不是没有。”他的语气像在自言自语，又像在喃喃呓语。

我们没有再说话，一路往位于小石川的住处走去。那天没什么风，比较暖和，但毕竟是冬天，公园里冷冷清清的。被霜打过而从绿色变成褐色的杉树丛，把一排排树梢伸向昏暗的天空。当我回头看见这些杉树丛时，更觉得脊背发冷。我们快步穿过暮色中的本乡台，然后走下小石川谷底，又爬上对面的山坡。这时，我才渐渐觉得外套裹着的身体开始发热了。

也许是因为走得急，我们在回家的路上几乎没有说话。回到家吃晚饭时，夫人问道："怎么这么晚才回来？"我回答说："K约我去上野公园了。"夫人一脸惊讶地说道："天这么冷……"小姐问道："上野公园有什么好玩的？"我只回答了一句："什么都没有，只是去散散步。"一向沉默寡言的K比平时更沉默了。夫人跟他说话，小姐对他笑，他也不怎么搭理，只顾大口大口地往嘴里扒饭，没等我吃完就回自己房间去了。

四十三

那时候，还不流行什么"觉醒""新生活"之类的新词。不过，K之所以没能毅然抛弃旧我、一心奔往新的方向，并非因为他缺乏现代人的思想，而是因为他有着难以抛弃的宝贵经历。甚至可以说，正是那些经历支持着他一路走过来。所以，尽管他没有勇往直前地去追求爱的目标，也不能因此证明他爱得不够深。无论爱情之火如何炽烈，他也不会轻举妄动。既然不给他冲动得忘乎所以的机会，他就难免会站在原地，回顾自己的过去。这样一来，他只能沿着过去的道路继续走下去。而且，他身上具有一种现代人所缺乏的固执和坚忍。我觉得，我已经从这两方面看透他的内心了。

从上野公园回来的当晚，对我来说是比较平静的。K回房间时，我也紧跟着进去，坐在他的书桌旁，故意和他东拉西扯地闲聊。他似乎有些不耐烦。我的声音分明带有一种得意洋洋的感觉，我的眼神或许也流露出了胜利的喜悦。和K在火盆旁边暖了一会儿手之后，我就回到了自己房间。一直以来，我在各个方面都不如K，唯独在此刻，我才发现他不足为惧。

没过一会儿，我就安然入睡了。突然，我听到有人叫我的名字，就惊醒过来。睁眼一看，只见隔扇门打开了两尺宽，K黑魆魆的身影正站在那里。他的房间仍然像傍晚时分那样亮着灯。我刚从睡梦中醒来，一时说不出话，只是茫然地看着眼前的光景。

这时，K问道："睡了吗？"平时他总是很晚才睡。我看着像黑影一般的K，反问道："有什么事？"他回答说："也没什么要紧事，只是刚上个厕所，顺便看看你睡了没有。"他背对着油灯，所以我完全看不清他的脸色和眼神。不过，他的声音倒比平时更加沉稳。

不一会儿，K关紧了隔扇。我的房间立刻回到黑暗中。我又闭上眼睛，进入了比这黑暗更静谧的梦境。之后就什么也不知道了。可是第二天早上醒来，一想到昨晚的事情，总觉得有些不可思议，说不定是在做梦吧。于是，吃早餐时我就问了K。他说："我确实打开过隔扇，叫了你的名字。"我问道："为什么要叫我呢？"他却没有回答。我刚放下这事时，他却反问我："你最近睡得好吗？"让我觉得莫名其妙。

那天，刚好我们上课时间相同，不久就一起出门了。我一直惦记着昨晚的事，于是半路上又追问起来。但K还是没有给出让我满意的回答。我叮问道："昨晚你是不是想跟我谈那件事呢？"他断然否定："不是！"他的语气似乎在提醒我，昨天在上野公园不是已经说过"别再说这事了"吗？在这方面，他是个自尊心很强的人。当我意识到这一点时，忽然想起他说过的"决心"这个词。于是，这个之前没怎么留意的词开始产生一种魔力，占据了我的头脑。

四十四

我知道K一向很果断，也很清楚他为什么唯独在这件事上优柔寡断。也就是说，我觉得自己既了解他平时的性格，又把握住了例外的情况，不由暗自得意。然而，当我在头脑中反复琢磨着他说的"决心"二字时，我的得意之情渐渐黯淡，最后甚至开始动摇起来。因为我想到，这件事对他来说也许并不算"例外"。而且我开始怀疑，也许他在心中已经想好了最后的手段，准备一并解决所有的疑虑、苦闷和懊恼。当我用这崭新的目光重新审视"决心"二字时，不由感到惊讶。当时在这种惊讶的心情下，如果我能公平地重新审视他所说的"决心"的含义就好了。可悲的是，我竟蒙蔽了一只眼睛，把"决心"这个词理解成他要积极追求小姐的意思了。我一心以为，他的"决心"是指要在爱情方面发挥果敢的性格。

我听见自己内心发出一个声音："你也需要做最后的决断了。"于是立即响应，鼓起勇气，决心要抢在K的前头，而且要瞒着他把事情办妥。我默默地等待时机，可是过了两三天都没有机会。——我想等K和小姐都不在家的时机，与夫人单独谈这件事。然而，接下来的一连几日，不是这个在家就是那个在家，始终没等到合适的机会。这让我感到焦躁不安。

过了一个星期，我终于忍不住了，开始装病。夫人、小姐和K都催我起床，但我只是随便敷衍一句，继续躲在被窝里。十点左右时，估计K和小姐都出门了，家里静悄悄的，我这才从床上爬起来。夫人一见到我就问哪里不舒服，还劝我说："再多睡一会儿吧，我把饭端到你房间去。"我本来就没病，实在不想再睡，就洗了把脸，像往常一样来到起居室用餐。夫人坐在长火盆的对面给我盛饭。我手上端着说不清是早餐还是午餐的饭碗，心里却在为如何开口而发愁。所以，从表面上看，我确实也挺像个愁容满面的病人吧。

吃过饭，我抽起烟来。见我没起身，夫人也不好马上离开。她叫女佣过来收拾碗筷，然后就坐在火盆旁边陪着我，时而给铁壶倒上水，时而擦一下火盆边沿。我问她有什么要紧事没有，她说没有，随即又反问我："为什么这么问呢？"我说："我想跟你说个事。"她看着我，问道："什么事？"她的语气很轻，似乎跟谈这事的氛围格格不入。所以，我一时不知道接下来该说什么。

无奈之下，我只得拐弯抹角地敷衍了几句，然后才问："K

最近有对你说过什么吗？”夫人似乎觉得有些意外，反问道：“哪方面？”没等我回答，又接着问：“他对你说了什么吗？”

四十五

我不想把K的倾诉告诉夫人，就说：“没有。”但随即又对自己的谎话感到不快。无奈之下，我只得改口说道：“他也没托我做什么。我要说的事跟他没关系。”夫人说了声：“是吗？”然后等我往下说。这时，我无论如何都要开口了，就突兀地说道：“夫人，请把小姐嫁给我吧。”听了这话，夫人并没有我想象的那样惊讶，但似乎也一时不知如何回答，只是默默地盯着我的脸。既然已经开口，就不能再顾忌对方的目光了。我说道：“求求你，请把她嫁给我吧！让她做我的妻子吧！”夫人毕竟年长，比我冷静得多。她说道：“嫁给你也可以，不过这也太急了吧？”我立刻回答：“我就是急着要娶她。”夫人笑了起来，然后问道：“你认真考虑过了吗？”我语气坚定地解释说：“我是突然提出来，但并不是突然才考虑这事的。”

之后还说了两三个问题，不过我全都忘记了。夫人的性格像男人一样爽快，而不同于寻常女人，所以事情谈得格外顺畅。“好的，那就把她嫁给你吧。”夫人说完，又向我恳求道，“我们家境不太好，似乎不应该端着架子说‘嫁给你’，应该拜托你娶了她才对。你也知道，她是个没有父亲的苦命孩子。”

事情就这样简单明了地谈妥了，前后大概还不到十五分钟吧。夫人没有提出任何条件，并说："我这边不需要跟亲戚们商量，过后通知一声就行。甚至连她本人的意思也不用问了。"关于这一点，我这个念过书的人反而比较注重形式。我提醒说："亲戚倒无所谓，至少要先跟小姐本人说一下，得到她同意才行吧。"夫人说道："放心吧。如果她本人不同意，我当然不会把她嫁给你的。"

我回到自己房间，想到事情进行得这么顺利，反而有些纳闷，心里甚至产生了疑虑：这样就万事大吉了吗？不过我又觉得，自己未来的命运大体上就这么定下来了。这个想法使我的一切都变得焕然一新。

中午我又来到起居室，问夫人："今天上午的事，打算什么时候告诉小姐呢？"夫人说："只要我同意了，什么时候告诉她都无所谓。"这么看来，夫人倒比我更像个男子汉。我正准备离开时，夫人叫住我说："如果你希望早点说的话，那就今天吧。她下课回来我就告诉她。"我回答说："这样太好了。"然后又回到自己房间。然而，当我想象到自己默默地坐在书桌前，远远地听着母女俩说悄悄话时，就觉得心里有些忐忑不安。最后，我戴上帽子出去了。走到坡下时，又碰见了小姐。毫不知情的小姐看见我时，显得很诧异。我摘下帽子打了声招呼："回来啦？"她惊讶地问道："你病好了？"我回答说："嗯，好了，好了。"然后快步往水道桥那边拐了过去。

四十六

我从猿乐町走到神保町大街，又拐向小川町。往常我来这边，主要是为了逛逛旧书店。但那天却根本无心去看那些破旧的书。我一边走，一边不断地想着家里发生的事。我回想着刚才夫人和我的谈话，又想象着小姐回家后的情景。我仿佛被这两种思绪牵拉着往前走。我时而心不在焉地站在街道中间，想象着此刻夫人也许正在和小姐谈那件事，时而又想象着此刻也许已经谈完了。

我终于走过万世桥[1]，爬上明神坡[2]，来到本乡台，然后又走下菊坂[3]，最后回到小石川的谷底。我走过的距离横跨了三个区，可以说画了一个有点变形的圆圈。在这漫长的散步过程中，我几乎没有想到过K。现在回想起来，连自己也说不清楚是为什么，只是觉得奇怪。我当时也许是因为太紧张而忽略了K，这么说似乎情有可原，但我的良心却无法原谅自己。

我拉开格子门，走进屋里，正要照例经过K的房间时，在这一瞬间，我忽然良心发现了。他像往常那样坐在桌前看书，然后又像往常那样抬起头来看我。但他并没有像往常那样说一句

1　东京千代田区神田河上的一座混凝土单拱桥，横穿神田川。原本是一座木质单拱桥，在1923年的关东大地震中受损，如今的万世桥是1930年在旧址上重建的。——编者注

2　位于东京都文京区汤岛，又称本乡坂。——编者注

3　位于东京都文京区本乡，因江户时代这片区域聚集了许多种植菊花的匠人而得名。日本著名作家樋口一叶和宫泽贤治曾经居住在此地。——编者注

“回来啦？”而是问我：“病好了？去看医生了吗？”在那一瞬间，我真想跪在他面前，向他道歉。而且，我那一瞬间的冲动无比强烈。如果只有我和K两个人站在旷野中的话，我一定会遵从良心的命令当场向他谢罪的。然而，考虑到屋里还有其他人，我就抑制住了自己的冲动。而且可悲的是，这个机会就这样永远失去了。

吃晚饭时，我和K又碰面了。毫不知情的K只是有点消沉，眼神里没有流露出一丝怀疑。而毫不知情的夫人则显得比平时高兴。只有我知道所有的一切。这顿饭实在难以下咽。小姐没有像往常那样和大家一起围坐在餐桌旁。夫人叫她，她只是在隔壁回答说：“马上就来。”K似乎有些纳闷，最后忍不住问夫人：“怎么回事？”夫人说：“可能是觉得害羞吧。”说完还瞥了我一眼。K显得更加纳闷了，追问道：“为什么害羞？”夫人微笑着，又看了我一眼。

我一坐到餐桌前，就从夫人的表情大致推测到了事情的进展。但我担心，夫人会当着我的面把事情经过全都告诉K，那可不得了。以夫人的德行，很可能会做出这种事，这让我一直提心吊胆。幸而K又陷入了沉默。兴致颇高的夫人，最终并没有把我担心的事全抖搂出来。我这才松了一口气，回到自己房间。这时，我又忍不住考虑起另一个问题：我接下来应该如何面对K呢？我在心里编造了各种为自己辩解的理由。可无论哪个理由，都不足以让我坦然面对他。我这个怯懦的人，最终也不愿亲自向K做出解释。

四十七

我就这样过了两三天。当然，在这两三天里，对于K的愧疚之情使我的心情很沉重。我原本就觉得需要做点什么，否则就对不起他。更何况夫人的语气和小姐的神情一直刺激着我，使我觉得更加难受。夫人具有像男人一样爽快的性格，说不定什么时候就会在餐桌上把我的事全告诉K。而且，自从那天以来，小姐对我的言行举止也越来越明显，这难免会使K产生怀疑。我处于这样一种处境——必须想个办法，把我和这个家庭之间结成的新关系告诉K。然而，对于承认自己道德上有弱点的我来说，这事很难做到。

无奈之下，我想到一个办法：请夫人正式告诉K。当然，是趁我不在家的时候。但如果原原本本地告知，我同样会觉得没脸见K，所不同者只是直接说和间接说的区别而已。如果要让夫人编些假话，那么夫人肯定会追问原因。如果把所有事情都向夫人坦白，那就等于主动把自己的弱点暴露在自己的心上人和她母亲面前。我这个认真的人，难免会担心损害到自己将来的信誉。在结婚之前就失去对方的信任，哪怕只是一丝一毫，在我看来都是极其不幸而且无法忍受的。

总之，我是一个本想走正直的路、结果却失足滑倒的笨蛋。或者说，我是一个狡猾的家伙。而意识到这一点的，目前只有老天爷和我自己的内心。然而，当我要站起来继续往前迈步的时候，就难免会陷入困窘的境地，不得不把自己失足滑倒之事告诉周围的人。我很想把失足滑倒之事一直隐瞒下去，但同时又很想继续往前走。我就这样被困在其间，进退两难。

过了五六天之后，夫人突然问我："那件事你跟K说了吗？"我说："还没有。"她追问道："为什么不说呢？"被夫人这么一问，我顿时愣住了。我至今都还记得，当时夫人说了一句令我吃惊的话。

"怪不得我跟他说的时候，他还一脸惊讶呢。你这样怎么行？平时两个人关系那么好，结果却一直瞒着人家。"

我问夫人："K当时说了什么？"夫人回答道："也没说什么。"我忍不住想进一步问清楚。夫人说道："我本来就不需要隐瞒，也没说什么要紧的事。"然后把K的情况一一告诉了我。

根据夫人所说，K似乎是以最冷静的惊讶之情来迎接这最后一击的。当K听说了我和小姐之间结成的新关系时，一开始只说了句："是吗？"夫人说："你也为他们感到高兴吧。"这时，K才看着夫人的脸，微笑着说道："恭喜了。"说完就起身走了。在拉开起居室的隔扇之前，他又回过头问夫人："他们什么时候结婚？"接着又说道："我本来想送些贺礼，可又没钱买，就送不成了。"……我坐在夫人面前，听了这番话，不由感觉到胸口窒息一般的痛苦。

四十八

算起来，夫人把事情告诉K之后已经过了两天。其间，K对我的态度跟以前没有什么两样，我也完全觉察不出来。他这种超然的态度，即便只是表面上装出来的，也实在令人佩服。我在头脑中把他和自己作了比较，他显然更为高尚。我心里涌起一种感觉："虽然我靠计谋赢了，但在人格上却输了。"想到K一定会很鄙视我，我就羞愧得满脸通红。可事到如今，要我再向K道歉则无异于自取其辱，这会严重地伤害我的自尊心。

星期六晚上，我才打定主意：要不要主动向K坦白，等到第二天看看再说吧。然而，就在那天晚上，K自杀了。直到今天，我一想起当时的情形，还是会觉得毛骨悚然。我平时睡觉总是枕头朝东，那天晚上偶然把枕头放在西面，这可能是某种预示吧。枕边吹来一阵寒风，把我惊醒了。睁眼一看，我和K之间那道总是关闭着的隔扇门，竟然像上次那样打开着。但K那黑魆魆的身影却没有站在那里。我仿佛得到某种暗示似的，在床上用手肘支起身体，紧张地朝K的房间望去。油灯发出昏暗的光，床也铺好了，但被子却像被蹬开似的堆在脚边。K头朝那边趴在地铺上。

我向他打了声招呼："喂！"但他没有回答。我又叫了一声："喂，怎么啦？"但他的身体仍然一动不动。我立刻爬起来，走到门槛边，在昏暗的灯光下打量着他的房间。

我当时的感觉，就跟突然听到K向我倾诉时的感觉差不多。刚往他房间里看了一眼，我的眼睛就立刻像玻璃假眼一样无法转动了。我呆呆地站着。那种震惊的感觉像疾风似的穿透我的身体。我随即意识到：哎呀，完了！在那一瞬间，一道不可逆转的黑色光线穿透我的未来，可怕地映照出了我的整个生涯。我不禁浑身发抖。

尽管如此，我还是没能忘记自己。我立刻发现桌上放着一封信。正如我所料，信封上写着我的名字。我急切地拆开信封，可是信的内容却完全出乎意料。我原以为，信里一定写了很多痛骂我的话。如果被夫人和小姐看到了，肯定会很鄙视我。这让我非常害怕。我稍微浏览了一遍，这才放下心来。（虽然只是保住了面子，但在这种情况下，面子对我来说显然是非常重要的。）

信的内容很简单，而且比较抽象。他只是说，自己是因为软弱无能、对未来失去希望而自杀的。然后又极其简短地对我一直以来的帮助表示感谢，并拜托我帮他料理后事；还提到给夫人添了麻烦，让我代他表示歉意；另外还让我通知他家里人……总之，必要的事情都用一两句话做了交代，唯独没有提到小姐的名字。看完之后，我很快就意识到，K是有意回避的。然而，使我感到最痛心的，是他用剩余的墨水在最后写上的一句话："本来早就应该死了，却不知为何活到了今天。"

我用颤抖的手把信叠好，放回信封里，按原样放在桌子上，以便让大家一眼就能看见。然后，我回过头来，才看到了飞溅在隔扇上面的鲜血。

四十九

我突然用双手抱住K的头，稍微抬起来，想看看他死后的面容。可是当我从下方看了一眼他那脸朝下的样子时，立刻松开了手。不仅是因为害怕，而且还感觉到他的头部非常沉重。我端详着刚才触碰过的他那冰凉的耳朵，还有一如往常剪成寸头的浓密短发。我一点都没想哭，而只是觉得恐惧。这种恐惧感，不仅仅是眼前的情景刺激感官而引起的单纯的恐惧。更重要的，是我从这位身体忽然冷却的朋友身上，深切地感受到了对命运的恐惧。

我茫然地回到了自己房间，在房里走来走去。我的头脑命令我：别管有没有意义，暂且就这么来回走动着。我想，必须做点什么。但同时又想，现在什么都做不了。我只能在房间里团团乱转，就像被关在笼子里的熊一样。

我本来想去里屋叫醒夫人，可是转念一想，让女人看到这可怕的场景未免太残酷，于是就迟疑起来。夫人还好说，可千万不能吓到小姐。这一强烈的意志控制着我，我又开始徘徊起来。

我点亮了自己房间里的油灯，不时地看看表。再也没有比这块表走得更慢的了。我不知道自己刚才起来的时候是几点钟，但显然快到天亮了。我一边徘徊，一边焦急地等待天亮，心里一直受着煎熬，难道这黑暗的长夜永远也没有尽头吗?

我们通常在七点之前起床，因为学校大多是八点开始上课，起得晚了就会迟到。所以女佣一般六点左右起床。不过，那天还没到六点，我就去叫女佣起床了。这时夫人提醒我说："今天是星期天哟。"她是被我的脚步声吵醒的。我对夫人说："既然你已经醒了，就请到我的房间里来一下。"夫人在睡衣外面披上一件日常穿的外褂，跟在我后面。我一走进房间，就立刻把刚才打开着的隔扇门拉上，小声地对夫人说："出事了。"夫人问："什么事？"我朝隔壁房间扬了扬下巴，说："你不要害怕。"夫人脸色苍白。我又说道："夫人，K自杀了。"她吓得瘫坐在地上，盯着我的脸，一句话也说不出来。这时，我突然跪下来，向她磕头道歉："对不起，都是我不好。我对不起你，也对不起小姐。"我本来没想过要说这话的。可是，当我面对面地看着她时，却突然不由自主地脱口而出。你可以这么理解——我一直为没能向K道歉感到愧疚，终于忍不住向夫人和小姐道歉了。也就是说，我的冲动战胜了平时的自我，在恍惚之间打开了我的忏悔之口。所幸的是，夫人并没有从我的道歉中理解到更深层的意思。她脸色苍白地安慰我说："这种意外的事，谁也没办法呀。"但她的脸部表情却很僵硬，上面刻满了惊慌和恐惧。

五十

我虽然不忍心让夫人看那场景，但还是起身拉开了刚关上的隔扇门。那房间里的油灯似乎已经燃尽，里面一片漆黑。我回过身拿起自己的油灯，站在门口，回头看看夫人。夫人躲在我身后，朝那小房里张望，但却不打算进去。她吩咐我："这里保持原样别动，你去打开木板套窗。"

接下来的事情，夫人处理得有条不紊，真不愧是军人的遗孀。我去请医生，又去叫警察，这些都是按夫人的吩咐做的。在办完这些手续之前，她不允许任何人走进K的房间。

K是用小刀割断颈动脉而瞬间死去的。此外没有任何伤痕。昨晚我在那梦境一般昏暗的灯光下看到的隔扇上的鲜血，是从他的颈部血管里一下喷射出来的。我在白天的光线下再次凝视着那些血迹，为人血的猛烈气势而惊骇不已。

夫人和我用尽各种办法清理K的房间。所幸的是，血液大部分都被他的被褥吸收了，榻榻米并没有沾上多少，清理起来比较轻松。我和夫人把K的尸体抬到我的房间，让他像往常睡觉一样躺卧着。然后我出去给他父亲发了一份电报。

我回来时，K的枕边已经点了几炷香。刚走进屋里，就闻到一阵很有佛堂气息的烟熏味。我看见母女俩坐在烟雾里。从昨晚到现在，我还是第一次见到小姐。她正在哭泣。夫人的眼睛也红通通的。事情发生以来，我完全忘记了哭，直到此刻才终于把悲伤释放出来，使内心得到了莫大的慰藉。正是这种悲伤，使我那深受痛苦和恐惧折磨的心灵得到了一点滋润。

我默默地坐在她们俩的旁边。夫人让我也上一炷香。我上过香，又默默地坐下来。小姐没有跟我说话，只是偶尔和夫人交谈一两句，主要是商量着处理眼下的事务。她还没有心思谈论K生前的事。我心想，幸亏没让她看见昨晚那可怕的一幕。因为我担心，万一让年轻美丽的人看到如此可怕的情形，她那难得的美丽一定会遭到破坏。即便我自己已经恐惧得汗毛倒竖，在采取行动时也无法忽略这一点。因为在我内心看来，这无异于肆意鞭打一朵无辜的美丽的鲜花。

K的父亲和哥哥从乡下赶来了。在商量把K的遗骨埋葬在哪里时，我提出了自己的意见。K生前的时候，我们常常一起在杂司谷一带散步。他很喜欢那个地方。我还记得，我曾经半开玩笑地和他约定："既然你这么喜欢，死后就把你埋在这里吧。"我知道，即使按约定把K安葬在杂司谷，也算不上什么功德。可是，我想在自己的有生之年里，每个月都跪在K的墓前进行忏悔。K的父亲和哥哥听从了我的意见，大概是考虑到K被赶出家门之后一直受到我的关照吧。

五十一

在参加完K的葬礼回来的路上，K的一个朋友问我："他为什么要自杀呢？"自从事情发生以来，我已经无数次地受到这个问题的折磨了。夫人和小姐，从乡下赶来的K的父亲和哥哥，听到消息的熟人朋友，甚至是和K毫不相干的报社记者，全都问过我同样的问题。每次被问，我的良心都会感觉到一阵刺痛。因为我听到这个问题背后隐藏着一个声音："你就是凶手，快坦白交代吧！"

我对每个人的回答都一样——我只是向他们重复一遍K留给我的遗书，绝不多说一句话。在葬礼归途中，K的那个朋友向我提出同样的问题、然后得到同样的回答之后，从怀里掏出一张报纸给我看。我一边走，一边看他手指着的地方。上面写着：“K被父亲和哥哥赶出家门，结果产生了厌世的念头而自杀。”我默不作声地把报纸叠好，递回给他。他又告诉我：“有的报纸还说，K是因为神经错乱而自杀的。”我最近忙得不可开交，没空看报纸，对这方面的报道一无所知，但心里却一直惦记着。我最担心报纸上登出的消息会给母女俩添麻烦，尤其怕牵连到小姐，即便只是提到她的名字也令我无法忍受。我问那位朋友：“报纸上还写了什么吗？”他回答说只看到这两则消息。

没过多久，我就搬到了现在这座房子。夫人和小姐不愿意在原来的房子住下去，我也为每晚都回忆起那一幕而痛苦不堪，所以大家商量后就决定搬家。

搬家两个月之后，我顺利地大学毕业了。毕业后不到半年，我终于和小姐结婚了。从表面上看，一切都如愿以偿，可谓是可喜可贺。夫人和小姐都过得很幸福，我也很幸福。然而，我的幸福却伴随着一团阴影。我想，这种幸福正是最后把我推向悲惨命运的导火索吧。

结婚时，小姐——已经不是“小姐”了，应该称为“妻子”才对——她不知怎的突然提议说：“我们去给K扫墓吧。”我不由大吃一惊，问道：“为什么突然想去呢？”她说：“我们一起去扫墓，K一定会很高兴的。”我直勾勾地盯着毫不知情的妻子的脸。她问我："你怎么这样看着我？"我这才回过神来。

我答应了妻子，两个人一起去了杂司谷。我在K的新墓上洒水清洗，妻子在坟墓前上香、献花。我们低下头，双手合十。妻子想必是在默默地诉说和我结婚的经过，想让K也分享这种喜悦吧。而我却只是在心里反复念叨着："对不起。"

妻子抚摸着K的墓石，夸说很漂亮。其实这座墓也没什么特别之处，只不过因为是我亲自去选料定做，所以她才这么说吧。我看着这座新的坟墓，看着我的新婚妻子，想着埋在地下的新的白骨，不由感觉到命运的嘲讽。从那以后，我决定再也不和妻子一起去给K扫墓了。

五十二

我始终无法摆脱对亡友的这份愧疚感。其实，我从一开始就担心会这样。甚至可以说，一直期盼着的婚礼，也是在忐忑不安的心情中完成的。可我转念一想，既然我自己看不到将来的目标，说不定结婚能成为转机，使我改变心情，走上新的人生道路。然而，当我结婚之后，在和妻子朝夕相处的过程中，这点虚幻的希望很快就被严酷的现实击碎了。我和妻子在一起时，会突然感觉到K的威胁。仿佛妻子站在中间，把我和K紧紧地联系在一起，始终无法分割。我对妻子没有任何不满，唯独这一点让我总想躲避她。妻子很快就觉察到了，却不明白是什么原因。

她时常质问我："你为什么老是心事重重的？你对我有什么不满意的地方吗？"有时我笑一下也就敷衍过去了。但有时她生起气来，就会喋喋不休地抱怨："你是不是嫌弃我了？你一定有什么事情瞒着我！"每次都让我感到非常痛苦。

曾有过好几次，我咬咬牙打算把事情原原本本地告诉妻子。然而，每次要开口的时候，却突然被一种身不由己的外力抑制住。你是了解我的，本来没必要向你解释，但有些话还是应该说清楚。那时候，我无意在妻子面前掩饰自己。假如我以对亡友那样的善良之心向妻子说出忏悔的话，她一定会流着眼泪，欣然原谅我的罪过。我之所以没有向她坦白，并不是出于利益得失的考虑，而是不忍心让她的记忆蒙上一层阴影。你可以这么理解——洁白的东西上喷溅到一滴污渍，对我来说都是莫大的痛苦。

一年过去了，我仍然无法忘记K，心里时常感到不安。为了消除这种不安，我开始沉浸在书堆里，拼命学习，并期盼着有朝一日能把这些成果公之于世。然而，刻意地制造一个目标，然后又刻意地去实现这个目标，其实无异于自欺欺人，这使我感到郁闷。于是，我再也无法继续埋头读书了。于是，我又抱起胳膊开始观望世间。

妻子见状，以为我是因为暂时不愁吃穿而产生了懈怠之情。她这么想也是情有可原吧。因为她家原先就有些财产，足以维持母女俩的生活，而我的境况也是不出去工作也衣食无忧。我多少也有点被宠坏了的感觉吧。然而，我之所以懈怠下来，主要原因并不在这里，而在别处。当初我被叔叔欺骗时，深刻地领悟到别人是不可依靠的。但我只是不相信别人，却仍然相信自己。我心里有一种信念：无论世间如何丑恶，我都要做一个高尚的人。然而，这种信念却因为K的事情而完全被摧毁了，我意识到自己和我那个叔叔其实是同类人。于是我突然失去了力气。我厌恶别人，同样也厌恶自己，我已经失去了前进的动力。

五十三

我无法继续埋头读书，有一段时期又沉溺于酒精，企图以此忘掉自己。我并不喜欢喝酒，但要喝还是能喝的，所以我就靠拼命喝酒来麻醉自己的心灵。这种浅薄的权宜之计，很快就使我变得更加厌世了。在烂醉之中，我突然意识到了自己的处境，意识到自己只不过是个故意借酒佯醉以欺骗自己的傻瓜。我感到一阵战栗，眼睛和心灵也随之清醒过来。有时候，无论怎么喝都难以进入这种装醉佯狂的状态，只得一直消沉下去。而且，就算使用这些伎俩换来一时的快意，过后却反而会变得更加忧郁。因为，我不得不在自己最爱的妻子及其母亲面前暴露出自己的丑态。而她们则从她们的立场来理解我。

岳母时常对妻子说些抱怨我的话，妻子却没有告诉我。可她又忍不住会私下责备我几句，但并不严厉，所以我从来没有因为被她责备而生气过。她常常恳求我："你有什么不满就直接说吧。"她还劝我："为了将来着想，把酒戒了吧。"她有时哭着说："你最近好像变了个人。"光说这些倒也罢了，但她还说："假如K还活着的话，你肯定不会变成这样吧。"我回答道："也许吧。"当然，我的意思和她理解的意思截然不同，我不禁暗自悲伤。尽管如此，我还是不打算向她做任何解释。

我时常向妻子认错，大多是在醉酒晚归的第二天早上。她有时笑一笑，有时沉默不语，有时也会潸然泪下。无论哪种态度，都让我觉得郁闷不堪。所以，我向妻子道歉，其实就等于向自己道歉。最后我终于戒酒了。与其说是因为妻子的劝告，不如说是因为自己觉得厌倦才戒掉的。

虽然戒了酒，但我却什么都不想做。无奈之下，我只得又开始看书。但看完就扔在一边不管了。妻子常常问我为什么看书，我只是苦笑。然而，当我想到连世上最爱的人都不理解自己时，心中不免感到悲伤。而当我想到明明有办法但却没勇气让她理解自己时，就更悲伤不已。我很孤独，甚至经常觉得我一个人住在与世隔绝的地方。

同时，我还反复思考K自杀的原因。事发当时，大概是因为我也为情所困，所以立即得出了简单而直接的结论：K是因为失恋而自杀的。但随着我的心情渐渐平复下来，再看待这个问题时，就发现事情并没有这么简单。那么，是因为现实与理想的冲突？——好像也还不够充分。最后我开始怀疑，K莫非是和我一样觉得孤独难耐才突然决定自杀的？这么一想，我不由浑身发抖。因为，有种预感时不时地像风一样掠过我的心头——我像K一样，正走在他曾经走过的路上。

五十四

不久，岳母病倒了。看过医生，说是没得治了。我尽心尽力地照顾她。这样做是为了病人本身，也是为了爱妻。从更高的层面来说，归根到底是为了人。一直以来，我很想做点什么，结果却什么也做不成，只是袖手旁观。我这个与世隔绝之人，第一次意识到自己主动做了一点好事。当时，我心中充满了一种可谓是“赎罪”的心情。

岳母去世了。家里只剩下我和妻子两个人。妻子对我说：“从今以后，世上可以依靠的就只有你一个人了。”我这个连自己都觉得不可靠的人，看着妻子的脸，不禁热泪盈眶。我心想她真是个不幸的女人，而且还脱口说了出来。她问我为什么这么说。她不明白我的意思，而我也无法向她解释。她一边哭，一边怨恨地说道：“你平时就用乖戾的眼光看我，所以才会说出这样的话。”

岳母去世后，我尽量做到善待妻子。这不仅仅是因为我爱她。我的这种温情，有着超越个人的广阔背景，就像用心看护岳母时一样。妻子似乎感到很满足。但因为她不理解我，所以这种满足总是带有一团淡淡的阴影。其实，就算她理解我，这种缺憾也会有增无减。因为我觉得，女人不太欣赏来自于广泛的人道立场的温情，而更渴望那种对自己专一的柔情，即便有些偏离道义——女人的这种倾向要比男人更强。

有一次，妻子说：“难道男人的心和女人的心永远都不能完全合拍吗？”我含糊地回答道：“年轻时应该可以吧。”她似乎回想起自己的过往，随即发出了一声轻轻的叹息。

从那时起，我心中常常闪现出一个可怕的影子。一开始是偶然从外面侵袭而来的，让我感觉到惊慌和恐惧。可没过多久，我的心似乎开始回应那个可怕的影子。最后，我甚至觉得，这个影子并不是来自外界，而是自己生来就一直潜伏在自己心底的。每当产生这种感觉，我就会怀疑自己的头脑是不是有异常。但我并不想向医生或其他任何人求助。

我深深地体会到人的负罪感。这种感觉驱使我每个月都去给K扫墓，驱使我用心照顾岳母。这种感觉命令我善待妻子。因为这种感觉，我甚至恨不得被路上的陌生人鞭打一顿。在这个过程中，我又逐渐意识到，与其被别人鞭打，不如自己鞭打自己。甚至起了这样的念头：与其自己鞭打自己，不如自己杀死自己。无奈之下，我只能抱着已死的决心苟活下去。

我从下此决心到今天，不知过去了多少年。我和妻子像从前一样和睦地生活至今。我和妻子绝不是不幸，而是幸福的。然而，唯有一点——对我来说，这一点可谓负重前行，而在妻子看来，这一点却显得黑暗阴郁。每当我想到这一点，就觉得愧对妻子。

五十五

尽管抱着已死的决心苟活下去，我的内心却时常在外界的刺激下跃跃欲试。然而，当我正要朝某个方向冲出去的时候，却有一股不知来自何处的可怕的魔力突然紧紧地揪住我的内心，使我无法动弹。这股魔力恶狠狠地对我说道：“你没有资格做任何事情！”我一听到这句话就立刻垂头丧气。没过多久，我正要重新振作时，内心又被紧紧地揪住了。我咬紧牙关，怒吼道：“为什么总是妨碍我！”那魔力冷笑着说道：“你自己心知肚明。”于是我又消沉下去了。

请你想想看，表面上我过着波澜不惊的平淡生活，可内心却总是经受着这样的痛苦挣扎。妻子为我感到焦急，而我自己更是比她焦急得多。我逐渐感觉到，当我在这牢笼里无法静静地待下去，同时又无法冲出去的时候，对我来说最轻松的方法就是自杀了。也许你会瞪大眼睛问为什么。——因为，那股总是紧紧地揪住我内心的可怕的魔力，堵住了我的所有出路，却单单为我留出了通向死亡的路。如果不动的话，那倒另当别论，只要稍微动一下，就必然要走这条路，除此之外没有别的出路。

至今为止，我已经有两三次想要在命运的引导下走向这条最轻松的路。但每次都舍不得妻子。当然，我没有勇气把她一起带走。我连向妻子坦白交代都做不到，更何况夺走妻子的天年来为我的命运殉葬。如此野蛮的行径，光是想想都觉得可怕。我和妻子各有天命，非要把两个人捆在一起燃烧，在我看来实在是悲惨至极。

同时，一想到我死之后只留下妻子一个人，就觉得她十分可怜。我刻骨铭心地记得，岳母去世时，妻子曾经对我说过："从今以后，世上可以依靠的就只有你一个人了。"我总是踌躇不决。有时我看着她的脸，心想，幸好我打消了自杀的念头。于是，又畏畏缩缩，无法动弹。于是，妻子又时常用不满的目光看着我。

请记住，我就是这样苟活到今天的。和你在镰仓初次相遇时，和你在郊外散步时，我都是这样一种心情。我的身后总是伴随着一条黑影。我仿佛是为了妻子才在世上苟延残喘。你毕业后回乡下的时候也一样。我曾跟你约定到九月份再见面，这并不是说谎。我确实很想见你。秋去冬来，即使冬天过去，我也一直想着要见你。

后来，在炎热的盛夏，明治天皇驾崩了。那时我觉得，明治精神始于天皇、终于天皇。受明治精神影响最深的我们这代人，以后继续活下去也终究会落伍。这种感觉强烈地震撼着我的内心。我就这么照直对妻子说了。她笑了笑，没有搭理我，接着又突发奇想似的打趣道："那不如去殉死好了。"

五十六

我几乎忘记了"殉死"这个词。因为平时用不到，一直埋藏在记忆深处，已经开始腐烂了。我听到妻子的戏言才想起这个词，就对她回答道："如果我要殉死的话，就为明治精神殉死。"这回答当然只是开玩笑而已，但我总觉得自己为这个过时而没用的词语赋予了新的意义。

大约过了一个月，在天皇大葬之夜，我像往常一样坐在书房里，听着丧礼的炮声。在我听来，这炮声仿佛宣告着明治时代的远去。后来才想到，这炮声也宣告着乃木将军的远去。我拿着号外，不由自主地对妻子说道："殉死！殉死！"

我在报纸上看到乃木将军死前留下的遗书。其中有一句的意思大致是这样的："自从在西南战争[1]中被敌人夺去军旗以来，我常想以死谢罪，结果一直活到了今天。"看到这里时，我不由掐指算了算乃木将军决心赴死之后又活了多少年——西南战争爆发于明治十年，到现在明治四十五年，已经过去了三十五年之久。在这三十五年中，乃木将军常想着以死谢罪，一直等待着机会。我想，对他这样的人来说，究竟是苟活三十五年更痛苦，还是把刀扎入腹部的一刹那更痛苦呢？

之后又过了两三天，我终于下决心自杀。正如我不理解乃木将军为什么自杀一样，你大概也不明白我为什么要自杀吧。若果真如此，那就是因为时代变迁而形成的人与人之间的差异，这是没办法的。或者说是个人的性格差异更准确吧。为了让你尽量了解我这个古怪的人，我已经费尽笔墨，把一切都告诉你了。

我要留下妻子走了。值得庆幸的是，即使我不在，她也能继

1　1877年西乡隆盛等人在鹿儿岛发动的叛乱，当年被政府军镇压。

续过着衣食无忧的生活。我不想让她受到残酷的惊吓，不想让她见到血腥的死亡。我要趁她不知道的时候悄悄地离开这个世界。我希望妻子以为我是暴病身亡，哪怕以为我疯了也无所谓。

从我决心自杀到现在，已经过去十多天了。但你要知道，其中大部分时间都用来写这篇长长的自传的最后一节。一开始我想和你面谈，但下笔之后，反而觉得这样更能清晰地描述自己，这让我甚感欣慰。我写这篇东西并不是为了消遣，而是因为我觉得过去的经历造就了我，只有我才能把它作为人类经验的一部分讲述出来，所以我要毫不隐瞒地如实记录下来。我的这番努力，在认识人的本性这一点上，无论对你还是对别人来说都不会是徒劳的吧。前几天，我听到一个关于渡边华山[1]的故事。他为了画完《邯郸》[2]这幅画，把自杀时间往后推迟了一个星期。在旁人看来，这样做也许是多余的。可是对他本人来说，因为心中还有未完成的夙愿，所以只能迫不得已地推迟吧。我的这番努力，也不仅仅是为了履行对你的承诺，主要还是为了完成自己的夙愿吧。

现在，我已经完成了这个夙愿，没有别的事情可做了。当你收到这封信的时候，我应该已经离开这个世界，早已经死去了。妻子大约十天前去了住在市谷区的婶婶家。婶婶病了，没人照顾，所以我让她过去。趁她不在家时，我写下了这封长信的大部分内容。她有时会回来看看。她一回来，我就马上把信藏起来。

1 渡边华山（1793—1841），江户末期的画家、学者。

2 即《黄粱一炊图》，以邯郸一梦为题材而作的画。

我过去的经历，无论善恶，我都愿意提供给别人参考。但请你记住，我的妻子是唯一的例外。我不想让她知道任何事情。我唯一的希望，就是想让她对我的过去尽量保留洁白无瑕的记忆。所以，即使在我死后，只要她还活着，就请你把这一切当作是我只告诉你一个人的秘密，埋藏在你的心里吧。

（完）

三
个
圈

经典就读三个圈　导读解读样样全

《心》

独家文学手册

导读：对人性的冷彻观察——“心”之所指，“心”之所至

吕慧君

（上海外国语大学副教授、硕士生导师）

一、夏目漱石的作品及中国的译介

夏目漱石（1867—1916），本名夏目金之助，是日本近代的文豪、国民作家，他在日本人心中的地位与国人心目中的鲁迅并肩。夏目漱石的一生跨越了江户（1603—1868）、明治（1868—1912）、大正（1912—1926）三个时期，其文学生涯主要是在明治时期展开的，他的作品中也通常富有代表日本明治精神的一面。《心》之外，还有《我是猫》《哥儿》《虞美人草》《三四郎》《后来的事》《门》等作品广为流传。夏目漱石的前期三部曲是《三四郎》《从此以后》《门》，《心》与《春分之后》《行人》构成了夏目漱石的后期三部曲。夏目漱石在前期作品中，擅长以揶揄的语气揭示人性的自私以及不道德之处，针砭时弊，充满着反抗精神、洒脱的情调以及扶弱挫强的精

神，与鲁迅的文风有异曲同工之妙。

1900年前后，夏目漱石在文坛崭露头角，中国文坛较早就注意到了夏目漱石。1912年10月20日的《民主报》中，对夏目漱石有这样的记述："去年日本行博士授予式，夏目漱石氏被推为新博士，夏目氏不受，政府及博士会不能相强，乃取消之。"夏目漱石逝世当年的1916年12月20日，《民国日报》刊登了《日本文学家夏目漱石小史》，介绍文豪夏目漱石的生平。

他1890年入帝国大学（现东京大学）文科专攻英文，三年后毕业升入研究生院攻读英国文学，并担任东京高等师范学校英语教师。1895年他离开东京到爱媛县松山中学担任英语教师，翌年辞职，转任熊本的第五高等学校（熊本大学的前身）。1900年开始到英国伦敦留学，1902年回国。回国后一直担任东京帝国大学的英文科讲师。1907年，入职朝日新闻社，6月开始在东京、大阪两地的《朝日新闻》连载《虞美人草》。

自幼学习汉诗、汉文的夏目漱石，拥有汉文、日文和英文的三重素养，因此他对于各国文化的理解也很有见地。曾有这样一则逸事，他在教授学生英语的一次课堂上，曾提出英文"I Love You"应该如何翻译成日语的问题，这个问题的答案一直为后人津津乐道，同时也成为一个学习日语、了解日本文化时最典型的案例。他给出的译文就是日语的"今晚月色真美啊"。由此可见，日本人这种靠月传情的思维模式，或许就是日本传统的暧昧文化最无形的体现吧。

中国报刊在介绍夏目漱石的生平之后，《民国日报》于1921

年连载刊登了夏目漱石的《文章概观》，选自柳下道政编的《漱石文学琐谈》。1923年鲁迅和周作人一起翻译的《现代日本小说集》中，收录了鲁迅翻译的夏目漱石的《挂幅》《克莱喀先生》。在附录《关于作者的说明》部分，鲁迅对夏目漱石有着如下评价：

> 夏目的著作以想象丰富，文辞精美见称。早年所作，登在俳谐杂志《子规》（*Hototogisu*）上的《哥儿》（*Bocchan*），《我是猫》（*Wagahaiwanekodearu*）诸篇，轻快洒脱，富于机智，是明治文坛上的新江户艺术的主流，当世无与匹者。《挂幅》（*Kakemono*）与《克莱喀先生》（*CraigSensei*）并见《漱石近什四篇》（1910）中，系《永日小品》的两篇。

鲁迅在日本留学时期，不仅碰巧住过夏目漱石曾经居住的房间，还爱读夏目漱石的作品。据周作人回忆，鲁迅在日本期间读了夏目漱石的《我是猫》《漾虚集》《鹑笼》《永日小品》《文学论》等作品，还为追其新作《虞美人草》，订阅了《朝日新闻》，之后作为单行本出版后还亲自购买。1927年10月到上海之后，在内山书店购买过1935年岩波书店出版的《漱石全集》，直至逝世前十日的1936年10月9日，还购买了全集的第14卷，在《鲁迅日记》中有如下记述：“内山书店送来《漱石全集》（十四）一本，一元八角。”

鲁迅在1933年发表的《我怎么做起小说来》一文中，写道：

> 记得当时最爱看的作者，是俄国的果戈理（N.Gogol）和波兰的显克微支（H.Sienkiewitz）。日本的，是夏目漱石和森鸥外。回国以后，就办学校，再没有看小说的工夫了，这样的有五六年。

鲁迅在众多日本小说家中唯独提到了夏目漱石和森鸥外，足以证明夏目漱石对鲁迅具有相当的影响。另据周作人的回忆，即使当时日本处于自然主义文学的全盛期，鲁迅对于田山花袋的《蒲团》、佐藤红绿的《鸭》等作品也只是草草略读，并没有多大兴趣。鲁迅认为，当时日本的自然主义文学流派一律模仿西方，他更中意的是扎根于本国的传统创作出的文学。夏目漱石的反自然主义倾向，自然会受到鲁迅的青睐。在周氏兄弟译介了夏目漱石的作品之后，20世纪20年代末至30年代、40年代，夏目漱石的小说或文学论、小品文在中国的译介如雨后春笋般不断涌现。直至今日，中国对于夏目漱石作品的译介热潮从未减退。

二、作为日本文学经典的《心》

《心》这部作品于1914年4月20日至8月11日在日本东京和大阪两地分别发行的《朝日新闻》上同时连载，距今已有一百多年的历史。这一百多年间世事发生了巨大的变化，而当今的读者对于《心》的喜爱却丝毫没有衰减，可见它的经典价值。

《心》在连载之前，夏目漱石已经在《东京朝日新闻》（1914年4月16日）和《大阪朝日新闻》（1914年4月17日）上发布了预告，预告中说："这次我想写几篇短篇，本想为短篇各自命名，但预告需要整体起一个标题，因此命名为《心》，特此预告。"在连载完后一个月左右，根据夏目漱石在1914年9月由岩波书店出版的《心》单行本中的自序可以了解到，当初他本想将多篇短篇小说组合起来冠以《心》的标题，但后来写《先生的遗书》时发现篇幅很长，因此就决定只采用这篇的内容，并且还将其分成了上、中、下三部分，就是现在大家读到的版本。书籍的装帧本来都是请专门的人来做的，而他这次心血来潮亲自操刀，盒子、封面、封里、扉页、底页等的样式、题字、印章等无一例外都是他自己设计描画的。可见夏目漱石对《心》这本书用心之至。

《心》在日本的地位自不用说，日本几乎所有的高中语文教科书里，都要收录这篇小说的精华部分，还有不少学校会指定《心》作为假期的阅读书目。凡是接受过高中教育的日本人，应该不会有人没读过这篇小说。在各大出版社的受欢迎文库统计中，《心》也经常占据首位。《心》在全世界的影响范围也十分广泛，1957年出现了第一个英译本。而早在1941年中国北京的《新轮》杂志即有《心》的译文连载，译者为张叡，随后这部小说出现了多个中译本。在全世界有众多研究者研究这部作品以及夏目漱石本人。《心》在日本俨然已是读者数量、受欢迎程度和研究对象方面的三冠王。

三、对利己主义者的人性观察

夏目漱石被称为文明批评或社会批评作家，他的大部分作品都对明治维新以来日本社会出现的诸种现象，连同在这社会转型期中人性的诸种表现，进行了冷彻的观察和细致入微的讽喻式的批评。这部小说中对人性的刻画真实且饱满，对人物内心的剖析丰富到位，每每给人带来深刻的人生启示。

小说分成上、中、下三个部分，上篇是“先生和我”。这一部分讲述“我”在镰仓海边与“先生”相识，从此成为了他的“追随者”。“先生”一开始对“我”冷淡的态度，以及“脸上偶尔会掠过一片古怪的阴影”，甚至“先生”自己说“我是个孤独的人”等等，营造了一种悬疑感，让人不由得思考到底发生了什么事情，才使“先生”变得如此孤僻。之后，对“先生”的描写更加丰满起来，“先生”有厌世情绪，“先生”不相信所有的人，形成这样的人生观的原因，作者通过“先生”的自白揭露了出来，为之后的章节埋下了伏笔，也使读者确认了自己的推测。“这些隐藏其中的事实，并非与他自己无关的别人的事，而是他自己痛切地体验过的，曾令他热血沸腾、脉搏停止的亲身经历”。在“先生”知道“我”父亲病重的消息后，一向淡泊的他却提醒“我”把财产问题处理妥当，与“先生”目前的人设完全不符，因此这又引起了读者对“先生”经历的臆测。之后“先生”终于自白，“我被人欺骗过，而且是被有血缘关系的亲戚欺骗的。我绝不会忘记。他们在我父亲面前装得像好人似的，可是等我父亲一死，他们就立刻变成了不可饶恕的不义之徒”。小说进行到此处，其实已经将“先生”人生中遇到的第一个变故，“先生”“不仅憎恨他们，而且还憎恨他们所代表的‘人类’”的原因交代完毕。但这并不是全部，“先生”答应在时机成熟的时候，将自己离奇的经历告诉“我”。

小说的中篇“父母和我”，看似和作品的主题、主线没有直接联系。然而，在父亲病危救治忙乱的时刻，“我”突然收到失联已久的“先生”的来信。“我”中间两次打开，却只看了开头第一页和结尾，得知“先生”已经离开这个世界，却因父亲的紧急情况自顾不暇，用“我”无法看完整封信的焦躁情绪，营造出作品的紧张气氛。直至“我”“毫不犹豫跳上了开往东京的火车”，才第三次打开信件，引出下篇的内容。父亲病危的紧急与“先生”来信时“我”的震惊，两件事穿插交错。“我”的父亲与“先生”，在这里形成了明线与暗线。父亲与“先生”，“他们的地位、教养、性格都截然不同”，“先生”是新时代的知识分子代表，“我”的父亲是拥有传统做派和想法的旧时代的家长，小说却在这里将他们联结起来。日本明治维新以后，崇尚“脱亚入欧”，当时的知识分子或年轻人与传统的儒家思想、伦理道德渐行渐远，“先生”与“我”的父亲在这里形成了鲜明的对照，成为作者表现主题的一个衬托。

小说下篇“先生和遗书”，是整个事件的开端，也是全文最重要的中心、高潮部分。在前两章被吊足胃口的读者，终于可以在这个章节了解事情的原委。“先生”隐藏在高尚感下面的极端的利己主义，就是K自杀的直接导火索。首先，经历了被叔叔掠夺家产之后，他从一个“被害者”变成“加害者”。其次，他是一个嫉妒心极强的人，但却十分隐蔽。在K还未向自己坦露心迹之前，“先生”面对K已经产生了妄想、偏执、多疑、嫉妒的心理。在得知K确实对小姐心有所属之后，“先生”并没有开诚布公地告诉K自己对小姐的爱慕，而是独自焦躁、苦恼、心神不定，直到最后“私心”作祟，在语言和行动两方面对K进行了致命的打击。“先生”以K在事业上“求道”所应具有的“信念”为武器，阻止了他的情感进程，接下来的卑鄙行径自不必说，他完全背离了友情、道义。最后，在不择手段达到目的，“害死”K之后，他担心的依然是自己的卑鄙行径是否被小姐和夫人所知，如此种种，人性的丑恶在“先生”身上表露无遗。

与之相对，K是个做事精进、要强的人，尽管有过神经衰弱的时候，但后来自从对小姐产生爱慕之情后，K变得“从容”，有“安心感”。他是如此坚定，又是那么高傲。K尽管最后自杀，但还保留了他的“崇高感”，并未在遗书中揭发或者痛斥

“先生”，直到死都保留了自己作为知识分子的尊严，同时也证实了他的善良与单纯。

K的死亡，彻底摧毁了“先生”为人的信念，愧疚、厌世、孤独、负罪感导致他想要了结自己。明治天皇的逝世，使日本全国人民深感不安，甚至害怕日本是否从此要走向下坡路。乃木将军在35年间一直等待赴死的机会，使得一直苟活在孤独与绝望中，寻找机会赴死的“先生”很自然地将自己视同于乃木将军。因此，明治天皇的驾崩和乃木将军夫妻的殉死，正是给了“先生”一个自杀的机会和正当理由。“先生”的自裁即向世人昭告自己选择回归传统，对自己抢夺了朋友爱人这种做法，无法接受与原谅。尽管“苟活”了很多年，但内心在不时地折磨自己，导致妻子在婚姻中的幸福感也大打折扣。这里的“先生”还没有完全融入近代，骨子里依然相信、坚持、向往人性中的道义与道德，因此最后的结局也是必然的，也符合作家的价值观导向。

四、“心”之所指的三个层面

小说中文题目翻译为《心》，日文读作kokoro，在英译版本中多取发音直接译为Kokoro。这里的“心”，首先指向人性中自私的一面，即“私心”。

患有肾病的父亲对于“我”的大学毕业有着非同常人的喜悦，由此可见明治时期大学生的价值，在传统的老一辈人的眼里是多么可贵。然而，“先生”在评价自己和K时，几处强调他们在崇高的情感下隐藏着的“卑鄙”。

> 本来K的养父家是打算让他到东京学医的，但固执的他却抱定不当医生的决心来到东京。我责问他：“这不就等于欺骗你养父养母吗？”他坚定地回答：“是的。为了求道，这样做也无所谓。”当时他所说的“道”，恐怕连他自己也不明白是什么意思，当然更不用说我了。然而，对于年轻的我们来说，这个晦涩的词语却显得无比神圣。尽管不明白它的意思，可是我们内心却被一种崇高感所占据，向着它勇往直前。当然，我们无法意识到这种热情之中隐藏着卑鄙。我支持K的观点。

以上文字可以看出，无论是当初的单纯善良，还是后来的卑鄙，“先生”和K其实骨子里是一类人。K聪明、要强，他有勇气来求道，尽管这是对养父母的不孝；“先生”在遇到自己喜欢的女人时，从热心帮助朋友的人变成使用阴谋隐瞒K达到自己目的的卑鄙之人。作家在后面章节则开始一直强调“先生”的卑鄙之处。在K还未向“先生”倾诉心声之前，“先生”已经开始怀疑K，“我暗自后悔自己多疑，并在心里向K道歉。一边道歉，一边觉得自己是个卑鄙之人，顿时对自己充满了厌恶”。在那之后，“先生”变本加厉，为了打消K的念头，竟然使用撒手锏，向他抛出“精神上缺乏进取心的人就是笨蛋”，意图以K曾经追求的求道的信念为由阻止K的下一步行动。“先生”在此时，已经清清楚楚地意识到“我说这句话完全是出于自私的心理”。其实，“先生”最初在描述自己的叔叔因为侵吞财产的私心而撮合自己与堂妹的婚姻时，就是用“卑鄙”来形容叔叔的：

> 叔叔非要把女儿嫁给我，其实是他设下的计谋。他向我提亲，根本不是为了两家交好，而是出于卑鄙的利欲之心。

现在，“先生”反而变成了自己曾经最憎恨、最厌恶的人的样子，这样的自己，无论如何也是不能接受的。作为明治时期的大学生的一员，“先生”已经是知识分子、时代精英，然而，最终私心战胜了一切。

> 但我毕竟受过教育，多少还有些良心，如果这时有人走到我身边，对我耳语一声“你真卑鄙”，那么我也许会在这一瞬间突然醒悟过来。如果这个人就是K，那么我一定会在他面前羞愧得满脸通红。然而，K并不会斥责我，因为他太诚实、太单纯、太善良了。而鬼迷心窍的我，不但没有对他的品质表示敬意，反而想利用这一弱点来击倒他。

因此，“心”的第二种指向，如上文中的“鬼迷心窍”，代表了人们内心的恶魔，即“心魔”。这里的“心魔”是从“先生”起初的妄想、多疑、嫉妒开始，到后面的背叛，这与夏目漱石由于成长经历所患的被害妄想症不无关系。特别是多疑的性格，从“先生”与叔叔的关系之间就已经显现出来。“先生”在第三次回到故乡之后，“这次回来一看，叔叔的态度却变了。他没有再像往常那样亲切地把我抱在怀里”。他感到哪里都不对劲，“不仅叔叔变了，婶婶、堂妹也变了，就连叔叔家的儿子也变了”。从那以后，“先生”的多疑便一发不可收。在与K同住后，“先生”在回家时听到K的房间里传来小姐的说话声，就开始猜忌两人的关系，对夫人为何单独留他们二人在房间里感到怀疑，对小姐那时对自己的笑，竟然感到“我最讨厌女人在这种时候笑了”。一星期后，又碰见K与小姐在聊天，之后“我对K的嫉妒心已经开始萌芽了”。对于悬崖勒马还来得及拯救的“先生”，“心魔”像是催化剂，最终引发了二人的毁灭。

最后，谈及“心”的第三种指向，首先要了解夏目漱石“自我本位”的思想。夏目漱石在《心》发表三个月后（1914年11月25日）在学习院的演讲《我的个人主义》中谈到，自己抱着从大学学习英文开始产生的疑惑，到松山、熊本教书，最后来到英国留学：

> 此时我开始思考文学到底是什么样的。我领悟到只有依靠自己的力量从根本上阐述它的概念，其他别无

他法。迄今为止都是他人本位，像无根的浮萍漂浮在那里，这样终究是不行的。我这里所说的他人本位，是指把自己的酒让他人品尝，然后请人评判，就算说得不在理也一味地听从。

在演讲中，他谈到日本人作为日本国民的一分子应该是独立的存在，而不是“英国人的奴婢”，这是日本国民至少应拥有的共识。在自己研究的英国文学方面，无可避免地会遇到与英国评论家意见相左的时候，两国的风俗、人情、习惯以及根本上的国民性格，皆是原因所在。文学与科学不同，受到一国赞赏的作品不一定会受到另一个国家人民的喜欢。他为了守住文艺阵地，甚至要开拓新的领域，开始阅读与文学无关的书籍，因此确立了“自我本位”为自己的信条，沉浸于哲学思索。

手握“自我本位”这四个大字，我迸发出了不惧他者的气概。为至今茫然自失的我指明现在的处境，以及今后的道路的，正是“自我本位”这四个大字。

如这次演讲《我的个人主义》中所谈，自我本位成为夏目漱石思想体系中的一个核心概念。这来源于夏目漱石在大学学习英文以及英国留学时期，在从事文学研究的时候遇到的困惑。经过一年的留学生活之后，他认识到，文学是有个性和独立性的，不能遵循统一规律或者法则，更不能一味地盲从西洋理论。

因此，他首先树立了文学方面的本位立场，想通这个问题后，自信心油然而生，从而感到无比安心与畅快。

夏目漱石在树立了这样的观念之后，又从职业的角度，来解析自我本位的重要性与独一性。1911年8月在明石的演讲《爱好与职业》中他谈到，一般的职业都是他人本位，即是由他人的需求而决定的。只有一类人群，即文学家、艺术家以及科学家是一定要脱离他人本位主义的。要么在书房里冥思苦想，要么在实验室里从早到晚闷头做实验，这样的工作性质是与普罗大众的生活相隔很远的。甚至可以说，世界上没有一类职业能像这样以自我为中心。再进一步讲，这样的职业正需要他们必须以自“我”满足为中心，才能创造出人类历史上宝贵的精神财富。

> 如上所述，以科学家、哲学家或者艺术家为职业是否是优秀的群体暂且不知，但可以明确地说他们脱离自我本位的话就无法成功。因为这类群体如果是为别人而存在的话，将会失去自我。特别是艺术家，没了自我的艺术家就如同脱了壳的金蝉，对世间毫无用处。如果不是创造能让自己满足的作品，而是一味地迎合他人，作品中将会失去自我的灵魂，一切都像借来之物，令灵魂失去栖息之地。我虽称不上是艺术家，但是在文学上小有创作，把自己归入这类群体应该也不碍事吧。并且我是靠写东西营生的，简略来讲我是以文学为职业的。我选择文学作为职业，与其说这是为了别人而舍弃自我，

得到世间认同的结果，不如说这是我为了自己所得到的结果，也就是说，这是我的艺术之心自然发展的结果。我的创作偶然满足了别人的需要，对了别人的胃口，还得到了物质报酬的回馈。如果这是上天让你屈己从人，完全为他人所从事的职业的话，那我一定会放弃文学。幸运的是，直至今日，以自我为本位的喜好与批判，碰巧也受到了大家的喜欢，我的作品被中意我作品的人阅读，我也从喜欢我作品的人那里得到了物质的回报。无论怎么看这都是偶然的结果。如果某天这种偶然不存在的话，那到底要以哪方为本位呢？我还是认为要以自我为本位，如果不这样的话，我的创作就不能称之为创作。我想不只是我，哪位艺术家都会这样认为。

显而易见，夏目漱石首先在文学层面，拥有自我本位的强烈意识。接下来谈到国家层面的自我本位，这与日本1868年开始的明治维新存在必然的联系。夏目漱石同样于1911年8月在和歌山的一次演讲《现代日本的开化》中，辩证地思考了日本在近代文明开化中所遇到的问题。

西洋的开化（即一般的开化）是内发性的，而日本现代的开化是外发性的。这里所说的内发性是指从内部自然地向外发展的意思，正如开花一样，花蕾会自然地绽放，花瓣向外。外发性是指从外部强加的一种力量，去采取强迫的形式。再用一句话说明的话，西洋的开化如行云流水般自然，而维新以后与外国发生关系之后的日本的开化却与其截然不同。

夏目漱石认为，无论哪个国家，受到邻国影响都是很自然的事，但回顾日本历史，尽管受到中国这样大国的影响，但总体来说还算是内发性的、自然而然地进化来的。如今突然受到西洋文化的刺激，日本的文明开化突然变得曲折。“迄今为止都是从内部自然发展过来的日本，突然失去了自我本位的能力，被外部力量强行介入。”并且这并不是长久之计，长此以往，日本将会失去日本的自主性。

日本明治维新以后，通过殖产兴业，加速了资本的累积。通过文明开化，学习到西方资本主义国家的科学、文化、教育、生活方式等，效仿西方国家，背离以儒学为本的封建教育理念。而且通过富国强兵，使日本日后逐渐走上对外侵略的道路。特别是经过日俄战争，财政疲惫，赤字增加，通货膨胀，失去对人民的信用。明治维新使日本从落后的封建主义进入到资本主义阶段，摆脱了沦为半殖民地国家的危机，但却使日本走上了侵略其他国家的道路。夏目漱石正是在如此背景下写就《心》，其伟大之处就是戳中了日本近代文明开化的痛点。他在这次演讲的末尾明确地表明，对日本的将来感到悲观，希望日本不要“患上神经衰弱的毛病，能够从自身内部自然而然地产生变化”。夏目漱石自幼熟读汉文典籍，同时有英国留学的经历，当他徘徊在伦敦街头，使自己重新认识自己作为东方人的自觉和对日本明治时期文明开化的内省。面对日本明治维新以后一味的西洋崇拜，他既赞同西方的民主、自由等观念，又坚持东方的自我本位。

在文学层面、国家层面需要坚持“自我本位”，然而在个人层面的“自我本位”却会带来消极的结果，甚至导致人性中“恶”的一面全面爆发。夏目漱石于同一时期的1911年8月在大阪的演讲《文艺与道德》中曾这样提到：“以前的道德，就是指维新前的道德，即德川时代的道德。”这种道德完全以理想作为基准来规范人们的言行，世人都为此而努力，如果不遵从的话将会以死谢罪。“维新后的道德”则是人们以自我和事实为基础成立的道德，也就是“自我本位”的道德。无独有偶，与夏目漱石同时期的日本近代著名自然主义作家田山花袋在1913年10月1日发表在《太阳》杂志上的《社会与自己》一文中也谈到“社会与自己的问题是一个相当复杂的问题。人们时常变成社会本位，时常变成自我本位。但是，社会与自己的关系永远是不可分离的”。自己与社会孰轻孰重是个很矛盾的问题。从社会当中找寻自己，还是从自身去发现社会，在明治时期的思潮中，当然盛行的是后者。无论一些事或人是否与自己相关，人们只会考虑自我的满足。夏目漱石还强调，自己生于明治的前一年，与当今的年轻人不同，并未完全受西化教育，因此自己拥有“海陆两栖动物”一样的属性。我们不仅可以通过小说丰富的心理描写读出“先生”为了实现个人私欲的心理变化过程和“私心”“心魔”导致的极端自私的行为，还可以体会到像作者夏目漱石心中对于“西洋与东洋”的纠葛那样，明治时期的知识分子在自我与他人、私利与无私、罪恶与救赎、近代与传统之间受到的内心的煎熬与折磨。因此，“心”的第三个层面，最终指向的是从“自我本位”的意识回归“初心”。小说中展现了主人公“先生”人性中利己、自私的“恶”的一面，但他最终通过自杀赎罪的方式来回归人性应有的“初心”，即日本明治维新之前理想的、传统的一面。可以看出，夏目漱石对明治社会崇尚“自我”与“利己”的精神持批判态度。

五、对当今社会的启示意义

所谓经典，就是超越了国界、时代和种族，对人类社会的普遍现象进行了深刻论述、蕴含了深邃道理的典籍。而一部为各个时代的人们所广泛阅读的作品，其经典的意义，主要在于对于人性的深刻洞察和剖析，能让人时时警醒和感动。

在人类社会进入文明阶段后，人性的诸种表现，虽然会因地域、民族、阶级、时代和环境的不同而呈现出略有差异的样态，但是基于人性基本相同的社会性和生物性，在对待自我和他者、利益和权力、异性和荣耀等问题上，其实一直是处在本我的私欲与公共道德的利他主义之间的互相交织、挣扎、徘徊、矛盾纠结之中的。明治时代是一个日本从前近代的农耕社会向近现代的工业化社会转型的大变动时代，社会的构造和形态呈现出了一个全新的状态，形成了一个所谓知识人（大学教授、医生、律师、媒体人等）的基本不依附于权力的新阶层，他们相对受过较高的教育，具有较高的专业或通用知识，对整个社会动向的感应相对比较敏感和纤细，因而在人性的表现上，也就体现出了更多的复杂性。

夏目漱石的《心》，颇为深刻地写出了处于社会变动期的日本知识人，在面对每每是男性所欲求的利益、女色、权力时所表现出的人性的复杂性。当然，夏目漱石对于这样的人物，运用了较多批评的笔墨，揭示了即便受过高等教育、处于社会的知识上层的人，在私欲面前，其实与一般的人也并无大的差异，只是他们内心的波澜，会更加激荡、纠结和葛藤，会更加纵横错综，倘若未能建立起较高的道德修养和对社会强烈的责任感，最终都会陷于私欲的深坑。但他们对于自己的私利行为，也会时时有自责和不安。因而最终，“先生”在深刻的痛苦之中，选择了自杀行为来寻求解脱。夏目漱石在小说中多次强调“先生”遗书里写的经历是“人类经验的一部分”，也就是具有人类的普遍意义。

联想起近年来在中国社会中出现的所谓“精致的利己主义者”，往往也是诸如小说中“先生”那样的受到良好的高等教育、处于社会上层的精英阶级，他们并非不知人类社会基本的道德伦理，也并非完全缺乏社会的责任感，但他们往往会将个人的私欲放大，并且会以追求个人私欲的实现，来作为自己人生的主要目标。与夏目漱石的时代相比，今天中国的所谓精英阶级，往往更多地会靠近、依附甚至活用强大的公权力。也许，比起夏目漱石笔下的“先生”来，他们的利己更为精致。当然，每一个社会都存在着若干这样的人物，然而当这样的群体日益壮大，当他们的价值观成为社会的主流意识，则昭示了一个社会整体堕落的开始，其结果将会是非常可怕的，这是需要我们深刻警醒的，并应设法从根本上来加以杜绝。从这个意义上来说，夏目漱石的《心》，在今天仍然具有相当的警醒和启示意义。

夏目漱石大事记

1867

2月9日，出生。夏目家在江户地方有庞大势力，金之助是家中幺子，母亲是高龄产子。这个年纪还生育孩子在当时被认为是一件不道德的事情，因此双亲并不期待他的降生。

1868

过继为盐原家的养子，此后因养父母情感不睦以及养父的工作而经常迁居。

1874

七岁，养父母离婚，回到夏目家居住。秋天，进入浅草寿町的户田小学就读。

1881

十四岁，生母千枝去世（54岁）。转学至曲町二松学舍学习汉学，立志以汉文出世，遭兄长大助劝阻。

1883

十六岁，为了考大学预备科，开始学习英语。次年9月，考入大学预备科（后改名为第一高等中学预科）。

1888

二十一岁，考入东京第一高等中学，进入英文科就读。

1889

1月，与同学——后来的俳句运动倡导者正冈子规成为挚友。5月，用汉文评论正冈子规的诗文集《七草集》，并于《七草集》的评论文中首次使用“漱石”为笔名，这个颇具汉学意涵的名字据说出自于《晋书·孙楚传》中的“枕流欲洗其耳，漱石欲利其齿”一句。8月，与同学旅行，并以汉诗体作游记《木屑集》。

1890

二十三岁，进入东京帝国大学文科就读，专攻英国文学，成绩斐然。不时发表学术论文，从事俳句写作。

就读帝国大学时的夏目漱石

1893

二十六岁，大学毕业。在校长的推荐下顺利进入东京高等师范学校任教。

1894

春天，因疑患肺病专心疗养身体。12月，至镰仓圆觉寺释宗演法师门下参禅，因深受神经衰弱之苦，有厌世主义倾向。

于松山中学任教时的夏目漱石

1895

至爱媛县松山市中学任教，次年转入九州岛熊本市第五高等学校任英语教师，后升任教授。6月，与当时的贵族院书记官长中根重一的长女镜子相亲并结婚。

夏目漱石与松山中学的毕业生

1898

开始写作汉体诗。11月，于《杜鹃》杂志上发表《不言之书》，此后持续多年在《杜鹃》上发表文章。

1900

奉教育部之命前往英国留学两年，进行英语研究工作。留学期间，夏目漱石认识到所谓的英国文学和他以前所知的有着极大差异，精通英文不足以增强国势，这使夏目漱石赖以生存的理想几乎幻灭。而留学经费不足，妻子又因怀孕而极少来信，更加剧了他的神经衰弱。回国后仍然为神经衰弱所苦，但这也刺激他更专注于写作。

夏目漱石于居于俗称“猫之家”的千駄谷旧居中

1903

返回日本，任第一高等学校英语教授和东京大学英国文学讲师，并常给《杜鹃》杂志撰写俳句、杂文类稿件。

1905

三十八岁，在《杜鹃》杂志发表短篇小说《我是猫》，备受好评，应读者要求一再连载。深受鼓舞的夏目漱石因而有了创作的力量，此后10年是他创作的高峰期。

《我是猫》原版封面，由夏目漱石亲自设计

1907

辞去一切教职，成为全职作家。从这一年开始，夏目漱石将和文友见面的日子定在每周四，这场固定的聚会因此被称为“木曜会”（木曜即日语中周四之意）。

1911

因胃溃疡入院治疗，中途病情恶化，大量吐血，一度徘徊在生死边缘。这一事件被称为“修善寺大患”。

摄于1912年明治天皇国丧，左臂戴有丧章

1912

明治天皇去世，明治时代宣告结束。对出生于明治前夕、几乎和明治时代同岁的夏目漱石来说，这是极具冲击力的一件大事。在《心》中也着重表现了这一事件。

1914

1914年，发表《心》。这本书是日本著名出版社新潮社成立后出版的第一本书，封面由夏目漱石本人亲自设计。封面上的图案是石鼓文（一种先秦刻石文字），封面上的文字出自《荀子·解蔽篇》。

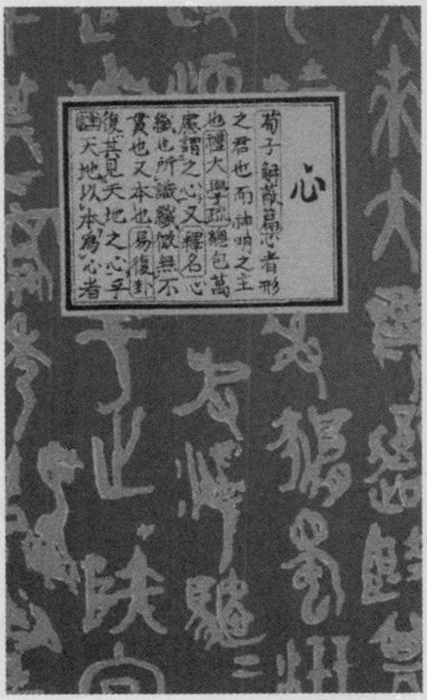

《心》初版封面

1915

11月，经林原耕三引荐，久米正雄、芥川龙之介等人入漱石门下。

1916

因罹患糖尿病接受治疗，12月9日因大量内出血去世，葬于杂司谷墓地。死后将脑和胃捐赠给东京帝国大学（现东京大学）的医学部，他的脑至今仍保存在东京大学。

夏目漱石作品年表

夏目漱石的写作生涯大致可以分为三个时期。初期代表作有《我是猫》《少爷》等，这个时期的作品以幽默诙谐的语气，置身于俗世之外的意趣为主要特色。

1908至1912年间，他创作了《三四郎》《后来的事》《门》三部长篇小说，被称为前期三部曲。这一时期的作品都以爱情和道德为主要题材，讨论近代的个人主义精神。

1910年，夏目漱石因胃溃疡恶化住院，一度濒临死亡。这一事件极大的改变了他的创作风格。直到1916年去世，他陆续创作了《彼岸过迄》《行人》《心》三篇长篇小说，被称为“后期三部曲”。这些作品进一步偏重心理描写，风格也更加消极沉郁。

1905年	1月	发表处女作长篇小说《我是猫》
	1月	发表短篇小说《伦敦塔》
	1月	发表随笔《卡尔莱博物馆》
	6月	发表短篇小说《琴音幻听》
1906年	4月	发表长篇小说《少爷》
	9月	发表中篇小说《草枕》
	10月	发表中篇小説《二百十日》
1907年	1月	发表中篇小说《野分》
	6月	长篇小说《虞美人草》开始连载

1908年	1月	长篇小说《坑夫》开始连载
	6月	发表短篇小说《文鸟》
	7月	发表短篇小说《梦十夜》
	9月	长篇小说《三四郎》开始连载
1909年	1月	发表小品文《永日小品》
	6月	开始连载长篇小说《从此以后》
1910年	3月	长篇小说《门》开始连载
1912年	1月	长篇小说《彼岸过迄》开始连载
	12月	开始连载长篇小说《行人》
1913年	2月	出版演讲集《社会与自我》
1914年	3月	发表散文《我的个人主义》
	4月	长篇小说《心》开始连载
1915年	1月	发表随笔《玻璃窗中》
	6月	长篇小说《道草》开始连载
1916年	5月	长篇小说《明暗》开始连载
	12月9日	去世

三个圈已出版文学书单（持续更新中）

美国文学

- 了不起的盖茨比
- 爱伦·坡短篇小说集
- 小妇人
- 野性的呼唤
- 漫长的告别
- 再见，吾爱
- 长眠不醒
- 欧·亨利短篇小说精选
- 哈克贝利·费恩历险记
- 汤姆·索亚历险记
- 百万英镑
- 老人与海
- 永别了，武器
- 人鼠之间
- 夜色温柔
- 马耳他之鹰
- 在路上

法国文学

- 小王子三部曲（全3册）
- 卡门
- 茶花女
- 人间喜剧（全10册）
- 伏尔泰小说精选
- 包法利夫人
- 羊脂球
- 基督山伯爵
- 三个火枪手
- 红与黑
- 列那狐的故事
- 凡尔纳科幻经典（全8册）
- 海底两万里
- 神秘岛
- 八十天环游地球
- 地心游记
- 巴黎圣母院
- 悲惨世界
- 约翰·克利斯朵夫
- 局外人
- 鼠疫
- 追寻逝去的时光
- 昆虫记

英国文学

- 道林 · 格雷的画像
- 夜莺与玫瑰
- 丛林之书
- 呼啸山庄
- 弗兰肯斯坦
- 月亮与六便士
- 人性的枷锁
- 刀锋
- 面纱
- 雾都孤儿
- 金银岛
- 格列佛游记
- 莎士比亚戏剧集（全8册）
- 虹
- 爱丽丝漫游奇境记
- 简 · 爱
- 鲁滨孙漂流记
- 科幻大师威尔斯精选集（全6册）
- 时间机器
- 隐形人
- 世界大战

爱尔兰文学

- 一个青年艺术家的画像
- 尤利西斯

日本文学

- 人间失格
- 银河铁道之夜
- 枕草子
- 春琴抄
- 刺青
- 罗生门
- 舞姬
- 我是猫

奥地利文学

- 一个陌生女人的来信
- 心灵的焦灼
- 人类群星闪耀时
- 变形记
- 城堡
- 失踪者

德国文学

- 少年维特的烦恼
- 悉达多
- 魔山

苏联文学

- 高尔基自传三部曲
- 童年
- 在人间
- 我的大学
- 日瓦戈医生

俄国文学

- 战争与和平
- 复活
- 安娜·卡列尼娜
- 罪与罚
- 卡拉马佐夫兄弟

其他国家文学

- 伊索寓言
- 走出非洲
- 理想国

中国古代文学

- 聊斋志异（全3册）
- 世说新语
- 菜根谭
- 小窗幽记
- 围炉夜话
- 浮生六记
- 闲情偶寄
- 随园食单

中国现当代文学

- 鲁迅全集（全20卷）
- 呼兰河传
- 四世同堂
- 沈从文作品精选（共4册）
- 受戒
- 人间滋味